VICTORY NOVELS

最強電撃艦隊

❷電光石火の同時奇襲!

林 譲治

電波社

この作品はフィクションであり、登場する国家、団体、人物などは、現実の国家、団体、人物とは一切関係ありません。

最強電撃艦隊(2)
電光石火の同時奇襲！

もくじ

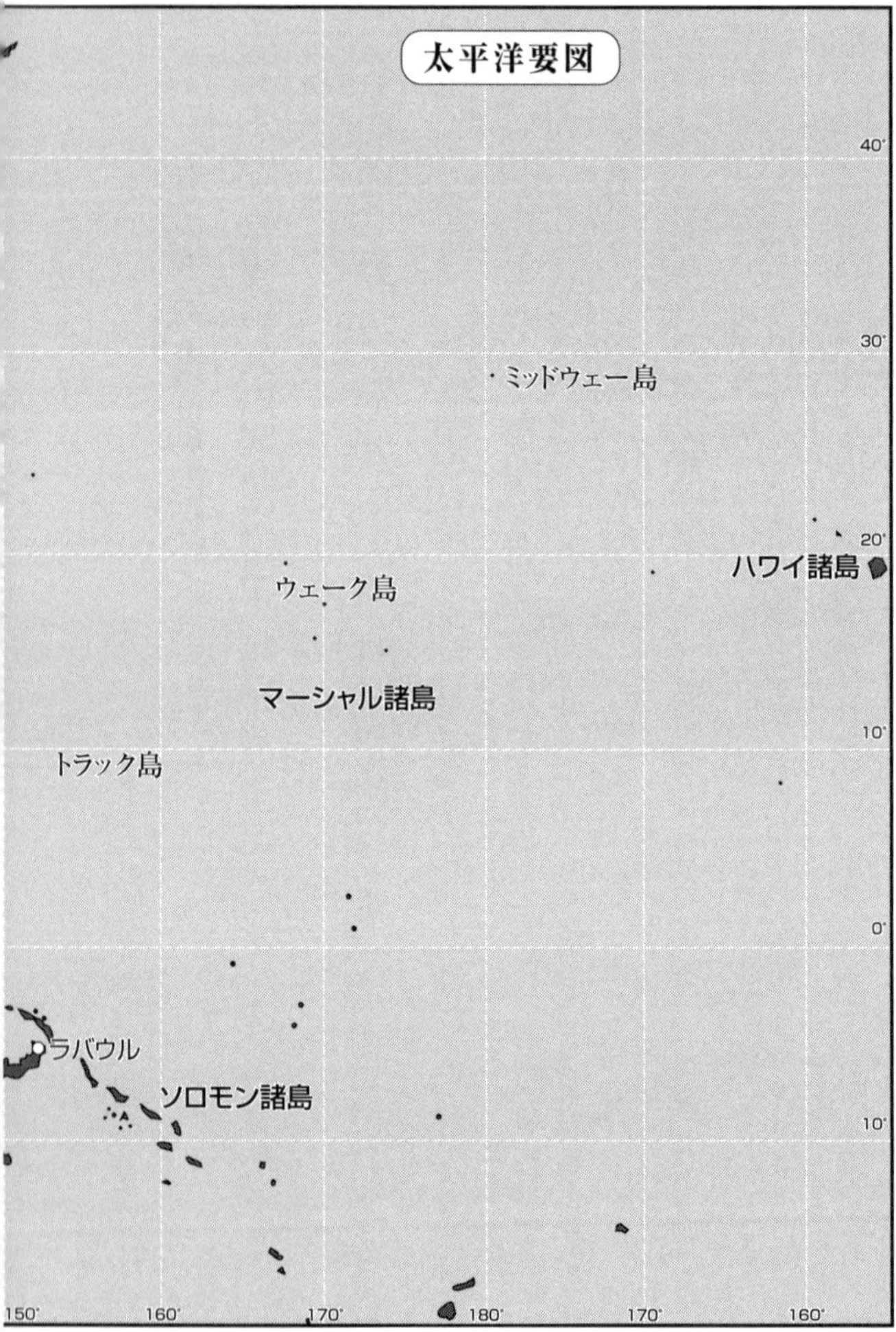

太平洋要図
40°
30°
ミッドウェー島
20°
ハワイ諸島
ウェーク島
マーシャル諸島
10°
トラック島
0°
ラバウル
ソロモン諸島
10°
150°
160°
170°
180°
170°
160°

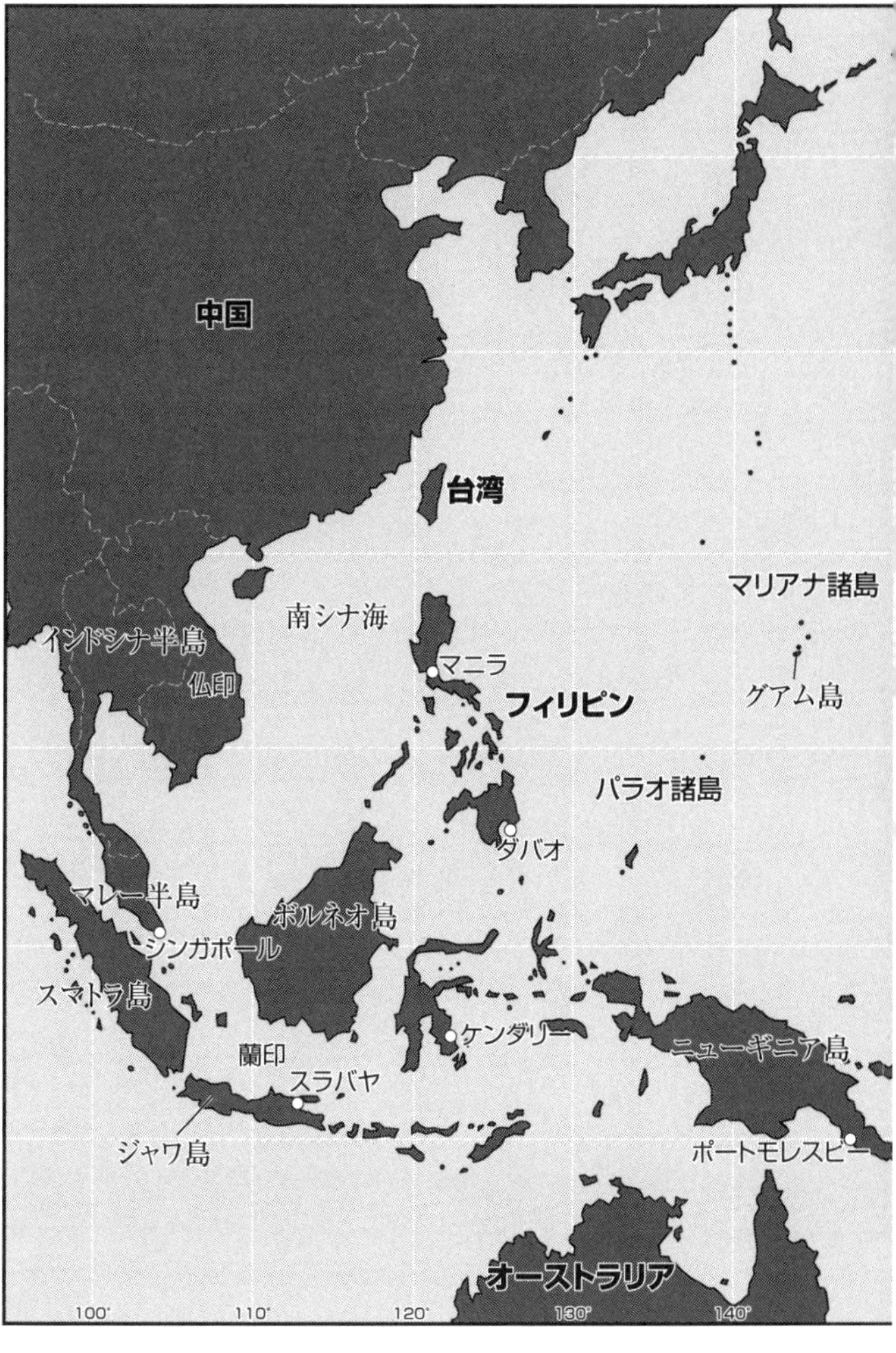

中国
台湾
マリアナ諸島
南シナ海
インドシナ半島
マニラ
仏印
フィリピン
グアム島
パラオ諸島
ダバオ
マレー半島
ボルネオ島
シンガポール
スマトラ島
ケンダリー
ニューギニア島
蘭印
スラバヤ
ジャワ島
ポートモレスビー
オーストラリア
100°
110°
120°
130°
140°

プロローグ　昭和一七年一月、横須賀某所

小坂《こさかい》井技術少佐は前年の一一月一五日付で技術中佐に昇進していた。

真空管式の演算器は国内の技術者に衝撃をもたらし、彼自身もいくつか論文を用意していたが、照準器の命中精度を飛躍的に向上させる技術であったために最高機密扱いとされ、論文の発表は許されていなかった。抽象的な内容であれば戦争が終わった後に発表は認められていたが、それがいつになるのかは誰にもわからない。

日本は戦勝気分に沸いていたが小坂井の場合、戦争が短期決戦で終わるかどうかは、論文発表がいつになるかを左右した。そしてそれは、彼が博士号を取得できるかどうかを意味していた。

一方、技術中佐になったことで小坂井の仕事は多忙になってきた。演算器は照準器の重要な機構であったが、汎用的な応用も可能である。というより計算自体が汎用的なものであり、照準器こそその応用の一つでしかない。

そうしたなかで部下たちがそれぞれ多くの応用に着手しており、彼の仕事は部下たちのプロジェクトを統括する立場に移りつつあった。

この時も小坂井技術中佐は、部下の大沼《おおぬま》技術大尉の実験に立ち合っていた。実験現場にはテント

が張られ、さらに機材が載せられた台車が一つ移動していた。

「これが映像か」

小坂井はブラウン管に映るものを見て首をひねる。台車にはＴＶカメラと送信機が置かれ、テントの中には受信機とブラウン管式の表示器がある。表示器は電探のものと共通で、結果として映像の映りはよくない。

確かに外の景色はだいたいわかるが、解像度が低いので細かい部分はわからない。

たとえば、カメラの前に人が立っていることはわかる。ただ、服装が制服なのはわかるが所属はわからない。顔も目鼻があるのがわかるだけで、表情を読める水準にはない。

「正直、ＴＶの映像としてはかなり見劣りするようだが」

小坂井に対して大沼は言う。

「映像の撮影が目的ではありません。端的に言えば、上空から海と軍艦の識別ができればいいのです」

大沼が研究しているのは将来開発されるアメリカ爆撃機用の照準器であったが、これは意外に難物だった。一〇キロ以上の上空から爆弾を投下しても、真空ならいざ知らず、空気のある環境では風の影響を大きく受けるためだ。

低空爆撃ならそうでもないが、一〇キロ以上の距離を落下して標的に命中させるというのは砲撃よりも困難だった。

砲撃なら比較的同質な空気環境の中を移動するので、大気の影響を受けるものの、それらはまだ限定的だった。

　しかし高高度の爆撃となると、まず高度によって空気密度が変化し、さらに爆弾の降下速度も違う。加えて横方向からの風の影響も、高度によって異なる風の層がいくつもあるため、複数の異なる風の影響を考えねばならない。

　どう考えても、簡単に解決できる問題ではない。

　そこで大沼は、問題を根本的に見直すことにした。投下したら爆撃手の手を離れる爆弾ではなく、爆撃手が誘導する爆弾というアイデアを思いついたのだ。TVの搭載はそのためのものだった。

「爆弾にカメラが搭載され、その映像を爆撃機で受信します。海面と軍艦の識別さえできるなら、軍艦に向かって爆弾を誘導すれば命中するわけです」

　大沼の理屈は明快だった。

　アメリカ爆撃機は爆弾を何トンも搭載できない。一トンか、せいぜい二トンだろう。その制約のなかで効果を出すとすれば、命中率の向上しかない。一回の出撃で戦艦二隻を撃破できたなら、敵を降伏させることも可能となる。

　言い換えるなら、百発百中の爆弾が一トンあれば、命中率二〇パーセントの爆弾を五トンも運ぶ必要はないという計算だ。

　それでもこれがアメリカ爆撃機用の爆弾であるのは、TVカメラ付き爆弾のような複雑で高価な爆弾などおいそれとは量産できず、生産数が限られているからだ。したがって、百発百中爆弾は搭載できる爆弾量が限られているアメリカ爆撃機にしか搭載できないことになる。

「アメリカ爆撃機用の爆弾が複雑になるのはわかるが、一般的な爆撃でもっと命中精度を上げる方法はないのか」

小坂井は、それを照準装置の精度を上げるという意味合いで口にしたのであるが、大沼は別の解釈をしてしまったらしい。しばらく考えて、予想外のアイデアを披露する。

「じつはTVカメラ搭載より前に考えていた機構があります。爆弾の後ろに発煙筒か照明弾をつけて、飛行機から爆弾の位置を把握しながら誘導するというものです。電波で操縦して誘導する点は同じです」

「それをカメラ式にした理由は？」

「単純な話です。一〇キロ先の発煙筒や照明弾を確実に観測できるとは限らないからです。途中に雲があれば、それで終わりです。それなら爆弾の先にカメラを搭載したほうが確実です」

大沼の話は、もっともなものであった。ただ発煙筒を飛行機から追尾するにせよ、TVカメラで映像を追うにせよ、飛行機から電波での遠隔操縦が必要というのは気になった。

アメリカ爆撃機の強みは、敵機が到達できない一万二〇〇〇メートル上空からの爆撃にある。大沼の研究もその前提から出発していた。

確かに精密な計算をしても大気状態のすべてが計測できない以上、誤差はどうしても出てくるし、近距離ならまだしも、遠距離ではその誤差が大きくなる。それでも命中率を高めるとなれば、飛行機から電波で誘導しなければなるまい。

ただし、遅かれ早かれアメリカ爆撃機のことはアメリカも知るだろう。すでに陸偵が行動しているわけだから、アメリカ爆撃機の実戦配備を待たずに彼らは陸偵の存在を知り、撃墜するための兵器を開発するに違いない。

それが強力な高射砲なのか、超高空を飛行する戦闘機なのかはわからないが、ともかく対策を立てるはずだ。

そうであるなら、悠長に爆弾の操縦などできないのではないか？　小坂井はその疑問を大沼にぶつけてみた。

「カメラ式に関して言えば、あくまでも対艦兵器であるなら、やりようはあります。つまり、爆弾に専用の演算器を搭載して、海面と軍艦の識別だけをさせる。そうして常に軍艦の真上にいるように方向舵を切らせることができるなら、爆撃機は爆弾を投下して回避行動に移れます」

「面白い！　ただ、かなり複雑な機構になるな」

小坂井は大沼の構想に興奮を隠せなかった。

爆撃の命中精度が低いという技術水準にあるなら、空爆の効果は物量に左右される。命中するまで爆弾を投下するなら、爆弾の多いほうが確率的に有利だ。つまり、アメリカに分がある。

しかし、日本の爆弾が百発百中となると話は違う。アメリカが軍艦に爆弾一発を命中させるのに二〇発の爆弾が必要な時に、日本は二〇発の爆弾で二〇の目標に命中させられるとすれば、見かけの爆弾生産数で日本はアメリカの二〇倍多く生産しているに等しくなる。

「確かに複雑にはなりますが、爆弾一つで敵艦を屠《ほふ》れるなら十分に引き合うと思いますが」

「確かに、それはそうだが」

実験はとりあえず目的を達することができた。もっとも、ここから積み上げて完成形にしなければならない。

テントの中では小さくなっていたので、小坂井は外に出て大きく体を反らせる。横須賀の空はどこまでも青い。その青空のなかを訓練なのだろう、練習機が編隊を組んで飛んでいく。

小坂井は、はっとした！

「大沼、このカメラは海と船舶を識別できると言ったな」

「はい。言いましたが」

小坂井は練習機の群れを指さす。

「ならば、空と飛行機の識別も可能だな」

第1章　油田占領

1

一九四二年一月一六日、ジャワ島。

ＡＢＤＡ艦隊にとって、昨年一二月は悪夢の月であった。

最大の損失を被ったのは極東方面のイギリス海軍で、戦艦だけで四隻、ほかに重巡洋艦二隻と空母一隻と大型軍艦だけで七隻を失っている。

困難なのはイギリスだけではなかった。フィリピンは激戦が続いており、アメリカの海軍力は大打撃を受けていた。特に魚雷備蓄庫が爆破されたことは、潜水艦や駆逐艦の運用を非常に難しいものとしている。

フィリピンには潜水艦基地もあり、駆逐艦も多数配備されていたが、魚雷の欠乏で戦闘を制限されると、戦力としてはほぼ期待できない。

じっさい日本軍は重巡洋艦ヒューストンや軽巡洋艦マーブルヘッドなどの大型軍艦を撃沈し、戦力を削いでいた。

米海軍にとっての災厄はフィリピン攻略のみならず、ウェーク島やグアム島を早々に攻略されたため、本国からの増援をほぼ期待できなくなったことだ。Ｂ17爆撃機の増援もこれらの島々を経由しての移動だったので、艦隊部隊も航空戦力の増強を期待できなかったのである。

それでも連合国軍としては、日本軍の侵攻を阻止できると考えていた。それは、ジャワ・スマトラの油田地帯を日本軍は占領できていないからだ。

石油資源の安定確保こそが日本軍が侵攻してきた目的であり、シンガポール攻略やフィリピン攻略などは、その作戦を成功させるための安全確保という意味合いでしかなかった。

だから油田占領さえ阻止できたら、日本軍は石油備蓄の多くを消費しながら石油の確保に失敗し、以降の継戦能力を失い自壊する。それが連合国の考えだった。

それが成功するならば、米太平洋艦隊が日本に接近しても、彼らには反撃能力がないから降伏するしかない。


ただ問題は、戦艦や空母を有する強力な日本艦隊に対して、最大の軍艦でも軽巡洋艦という連合国艦隊がどう対峙するのかであった。

その回答の一つが航空戦力であった。連合国軍艦隊が痛打された最大の理由が制空権にあるというのが彼らの認識だった。そのためフィリピンに残っていたB17爆撃機もスマトラ方面に退避し、連合国軍としての再編を待っていた。

日本軍が油田地帯を攻略するなら、どこを攻撃してくるかは容易に予測できる。だから、そこに重点的に航空戦力を集中させようと考えたのである。

そうした意図により、高速輸送艦バリボルは航行していた。

２

「通信長、日本軍の情報は何か入ったか」

メッツ船長は通信長に電話する。バリボルは高速輸送艦であるが、臨時に商船から軍籍に入れられた都合で船員全員が商船の時のままだから、船員たちに軍人という意識はあまりない。

細かいことを言えば、メッツ船長は予備役の海軍軍人で戦争と同時に現役復帰しているが、意識としては商船のままだ。

もっとも、これは彼らに危機意識がないことを意味しない。彼らはアメリカの支援物資をオーストラリアからイギリスに輸送するという任務に何度も従事していたためだ。彼らはオーストラリアの高速商船のなかでも、Ｕボートと戦った経験のある数少ない船であった。

もともとバリボルは日本海軍の脅威にオーストラリアが少しでも対抗できるようにするため、有事には武装商船として活動できるように設計されていた。メッツ船長が予備役海軍少佐であるのも、このためだ。

ソナー室に転用できる船室もあれば、短期間の工事により爆雷投下軌条も爆雷投射機も設置された。船の中心線上には単装であるが、高角砲が船首と船尾にあわせて四門装備されていた。

そうした火砲を装備できるだけの甲板の強度や電源供給が可能なように最初から織り込まれて建造されたのだ。

それらの高速商船だからこそ、日本軍が侵攻しているいま、バリボルに軍から任務が与えられるのは当然のことだった。

「いえ、船長。特に新しい動きはないようです」

「静かってことは、敵は攻勢を準備しているということか」

「そうなんですか、船長？」

「どこの軍隊だって、攻勢を続ければ弾も燃料も消耗する。補給をするあいだ動きはない。考えてみろ、俺たちはなんのために友軍に向かっている？　攻勢の準備のためだ。敵も同じだ」

「なるほど」

「それよりレーダーに反応はないか」

「ちょっと待ってください」

通信長が電話から離れる。

バリボルには対空レーダーだけ搭載されていたが、それは通信室に同居する形で置かれていた。なので通信長が声をかければ、レーダー手の話も聞ける。

「お待たせしました。レーダーに反応はないそうです。まぁ、深夜ですからね」

「深夜でも気を抜くな。何がやってくるかわからん」

メッツがそう言うと通信長が声をひそめる。

「まさか、天使が現れるとでも？」

「馬鹿なことを言うな」

そう言うとメッツは電話を置いた。

「レーダーが天使を察知すると軍艦が沈没する」

そういう噂が海運関係者のあいだで密かに語られていた。

轟沈した軍艦で誰がそんなことを報告したのか

とか、メッツ船長はこの噂に懐疑的だったが、信じているものは多かった。ただ軍人との雑談のなかで、多少は筋の通る解釈も耳にしていた。

すなわち、天使の正体は日本軍の偵察機によるというものだ。天使の報告は戦艦プリンス・オブ・ウェールズやレパルス撃沈の時に流れたもので、あの日は天候も悪化していた。そして、対空レーダーは止められていたという。

つまり、二大戦艦の撃沈という事件は、対空レーダーを止めていたために日本軍の偵察機を見逃していたことが原因であった。

そういう単純ミスによるものなのに、それで戦艦が沈められるという事実を受け入れられない人間が、天使などと言い出しているだけ。それが話をした軍人の見解だった。

もっともメッツ船長も、それだけですべてが説明できるかと言われれば、それもまた違うと思う。なぜなら、偵察機だけで勝敗が決するとは思えないからだ。偵察機から爆撃されたわけではないのだ。

それに根本的な疑問として、日本に欧米に勝る偵察機が存在するとは思えない。航空技術とは先端技術であり、日本にそこまでの技術があるとは思えない。

じっさい先の軍人はこんなことも述べていた。

「高度七マイル（約一一キロ）の超高空を偵察機が飛んでいたら、レーダーからは例の天使のように見えるかもしれないが、アメリカやイギリスにさえないようなそんな偵察機を、日本が持っているはずがないからな。この可能性は無視していいだろう」

確かにメッツ船長もそれには同意する。そうなると、やはり天使は気象か機械的なトラブルだろう。

この時、高速輸送艦バリボルは航空機を輸送していた。米陸軍の戦闘機だ。機体と主翼を分離し、現場で組み立てる必要はあるが、分解することでより多くの機体を輸送できる。

バリボルには、小型空母並みの三〇機の戦闘機と一〇機のB25双発爆撃機が搭載されていた。これは単純に飛行機だけでなく、当座の消耗品も輸送しての数字である。

バリボルはジャワ島南部のチラチャップに入港し、そこで飛行機は組み立てられ、臨時飛行場（戦闘機用滑走路が一本の飛行場であるが）から内陸部のマランやブリンヒン、さらには港湾のあるスラバヤの航空基地に移動することになる。三つの飛行場にそれぞれ戦闘機一〇機が輸送される。

敵の最終目標が油田地帯であり、そのためにはスラバヤ攻略が不可避となれば、スラバヤを死守することが大前提となる。

そのためには制空権確保が必須だ。それには三〇機の戦闘機が、必須となる。はっきり言えば少ないくらいだが、現状では多くを望めない以上、これは仕方がない。

それに三〇機でも戦闘機があれば、敵軍も戦闘機に備えねばならず、それだけ戦備に負担を強いることになる。小さいことだが物量で勝る連合国からすれば、それだけでも勝利に寄与することになる。

戦闘機を三分するのは、スラバヤへの攻撃ですべての戦闘機が失われるようなことを避けるためだ。スラバヤが襲撃された時は、マランやブリンヒンの航空基地から増援を行うことになる。

基地の分散は運用効率を下げることになるが、日本軍の航空機の性能からすれば、内陸の基地は攻撃できまい。だから安全が確保できる。

バリボルは戦闘機を降ろしたら、すぐオーストラリアに戻り、戦闘機や攻撃機を積み込んで再びケラチャップに戻ることになっていた。彼らが往復するたびにジャワ島の防備は強くなるのだ。

「レーダー室です。本艦より一〇〇キロ先に航空機が飛行中。針路は我々を横切る形です」

自分たちはジャワ島に向かって北上している。その前を横切るのは東西間の移動ということになる。再度確認すると、偵察機は西から東を低速で飛行していた。

「例の複葉機か」

メッツ船長にとっては、正体不明の天使よりもそっちのほうが厄介に思われた。彼自身は大西洋でドイツ軍のコンドルに爆撃されたことこそあるものの、日本軍機に直接遭遇したことはなかった。ただ話に聞くと、日本軍はいまも複葉機を多用しているらしい。

複葉機など時代遅れとも思うのだが、イギリスのソードフィッシュなどを見ると適材適所で使えば、まだ活躍できる余地はあるようだ。

日本軍にもそれは言えて、彼らは偵察機に複葉機を使っているという。複葉機は揚力が大きいので小回りは効くし、低速である一方で長時間の飛行ができるから、そこは偵察には有利に働くというわけだ。

このあたりの情報は、じつを言うと戦場の混乱で生じたものであった。日本海軍は零式水上偵察機などの全金属単葉の偵察機を用いていたが、一方で信頼性の高い複葉偵察機もまた使用していた。つまり、新旧偵察機の交替が進められている最中の戦争だったわけだ。

また、開戦劈頭から電撃戦隊が多大な戦果をあげていることに刺激され、陸軍部隊が海軍に航空支援を要請することが急増した。特に、これはフィリピン方面で顕著だったという。

とはいえ、海軍とて大型正規空母が無尽蔵にあるわけではない。さらに、陸軍が求めている航空支援は必ずしも海軍が培《つちか》ってきた兵器や戦術とは一致しなかった。

陸軍部隊は戦艦を撃沈できる大型爆弾一発より、手榴弾より大きな小型爆弾をばらまいてくれるほうが航空支援としてはありがたかったのである。

これに関しては、川西が照準装置と機体を一体化させるという新しい概念で開発した局地戦闘機が、陸軍部隊の支援では結果を出していた。そうした海軍局地戦部隊に対して、陸軍第五軍の山下《やました》司令官から感状が出るという異例の出来事があったほどだ。

ただ川西の局地戦は試験段階であり、機体の数も一〇機に満たない（しかも稼働率はまだ低い）ため、海軍としてもそうそう陸軍の支援はできない。基地防空に穴をあけてしまったら、なんのための局地戦かというわけである。

そこで、第一線から後方に下げることが計画されていた複葉偵察機を集め、特設水上機母艦隊を編成し、陸軍の航空支援はそちらに委ねるようなことが行われた。

これには脱出に失敗したり、自沈処理が間に合わなかった英米の船舶が予想以上に手に入ったことが幸いした。

大型貨物船は特設水上機母艦となり、小型のものは特設水上機母船となる。前者はともかく、後者はもともとが河川用貨物船で、これに複葉偵察機を一機か二機を（多くは強引に）載せ、クレーンで河川に移動して運用するというものだ。

必要なら河川を移動し、陸軍部隊の輸送も行うというかなり陸軍側に寄り添った海軍艦船であった。じっさい現地の陸海軍協定により陸軍船舶工兵が母船を運用し、水偵のみ海軍が運用するようなことも行われたという。

河川を遡上して内陸部に入り、そこから前線部隊への偵察や爆撃、可能なら補給や負傷者の後送など、複葉偵察機は八面六臂の活躍をした。

嘘か本当かは不明だが、こうした複葉偵察機の中には陸軍が鹵獲《ろかく》した機関銃をいくつも装備し、後の世に言うガンシップのように上空から敵軍へ濃密な機銃掃射を仕掛けたものもあったという。

すでに連合国側の制空権はほとんど奪われ、日本海軍や陸軍が戦闘機で敵と交戦する局面は減っていた。低速の複葉機が活躍できたのは、なによりも日本軍が制空権を握っていたからである。

ただ、それをイギリス軍なりアメリカ軍の陸軍部隊の視点で見れば、最前線に現れる日本軍機は複葉偵察機ばかりであり、「日本軍機＝複葉機」という印象になるのは、ある意味、仕方がない部分もあった。

メッツ船長はその話を思い出したのだ。

3

「日本軍の複葉機の動きに注意しろ。我々の針路と交差するようではまずい」

「了解しました」

そして、すぐにレーダー室からは問題の飛行機が北上してレーダーから消えたとの報告が入る。

それはメッツ船長には、やや意外だった。北上すればジャワ島だが、日本軍機が着陸できるような基地はない。それに複葉機は水上機のはずだ。

「もしかして、我々の動きを察知して探っていたのか？」

メッツ船長には、それが一番ありそうに思えた。暗号が解読されているという次元の話ではない。いまの連合国には補給を受けられる港が限られている以上、その周辺を偵察すれば補給部隊を発見できるとの読みだろう。

レーダーが日本軍機らしい機影を捉えたのは、その一回だけであった。

無事にケラチャップに入港すると、すぐに高速輸送艦バリボルからは、人間も機械も動員して分解された飛行機が運び出される。

甲板にはB25関係の胴体や機体が並べられ、それらから港に降ろされていく。

何をどう積み込むのかはメッツ船長の自由裁量だったが、彼はＢ25を最優先すべきと考えていたので、真っ先に揚陸できる場所に積み込んだのだ。彼が見るところ、連合国にもっとも足りないのは爆撃機だった。

圧倒的に航空機が足りない状況で、戦闘機と爆撃機のどちらを優先すべきかという判断は難しい問題であったが、日本軍船団に対する打撃力がないという状況はまずい。

戦闘機なら機種はバラバラとはいえ、まだ十数機は残っているのだから、それらと爆撃機が組んで敵船団を叩くことで、敵の油田占領は阻止できる。それに戦闘機は自分たちも運んできた。

言うまでもなく、これはぎりぎりの選択ではある。だから、バリボルは戦闘機も三〇機積み込んだ。戦闘機だけなら五〇機近く詰め込めたかもしれないが、やはり爆撃機が必要という考えに変わりはない。

ただ、一つの懸念は搭乗員の問題だった。貨物輸送を優先したので、搭乗員や整備員まではバリボルには乗っていない。指導的立場の軍人が一〇人ほど乗っているだけで、これだけでは部隊運用は不可能だ。搭乗員については別に移動するらしいが、詳細はメッツ船長も知らない。

「ありがとう。この戦力があれば敵を痛打できる」

港からボートでメッツ船長にわざわざ挨拶に来たのは、彼が輸送した航空機で部隊編成と指揮を行うライサンダー大佐だった。所属はイギリス空軍だという。

意外だったのは、積み荷の飛行機は桟橋に揚陸されると思っていたが、漁船のような小型船に積み替えられたことだ。河川用の貨物船らしい。

河川用砲艦を思わせる喫水の浅い一〇〇トンから二〇〇トン程度の船がバリボルに横付けし、物資を積み込む。

「これらの飛行機はマジウンに輸送するのですか」

メッツ船長は尋ねる。この港から一番近い航空基地はマジウンであるからだ。

マジウンで組み立ててスラバヤやマラン、ブリンヒンへと移動するのが一番だろう。しかし、ライサンダー大佐は違うと言う。

「じつは第三の仮設飛行場、つまりは秘密の飛行場が建設されている。そこに水上バスで河川を遡上し、最後の工程だけトレーラーとトラクターで輸送する。河川以外に移動手段はないも同然で、日本軍もここの存在は知らないはずだ」

「航空基地を短期間に建設するのですか」

それは驚くべき話だ。日本軍の進撃で連合国側は防衛線の設定に追われている状況だというのに、航空基地を建設しているというのだ。

「あくまでも予備的な飛行場だ。友軍機が不時着するとか敵に奇襲をかける場合の。格納庫もなければ、燃料備蓄や銃弾備蓄にも乏しい。しかし、これがあるのとないのとでは天地ほどの違いになる」

「なるほど」

水上バスには飛行機の胴体や主翼だけでなく、ドラム缶を満載したものもある。確かに陸路が通じていないのなら日本軍の攻略は困難だろうし、小さな基地というのは発見が難しいということだ。

「倉庫らしい倉庫を建設する余裕はないが、水上バスなら河川に倉庫を用意するのと同じ効果が期待できる。敵軍が侵攻しているなかでは、これはむしろ安全に寄与すると解釈すべきだろうな」

ライサンダー大佐は、そう言って笑う。メッツは大佐の楽観主義に好感を抱いた。いまのような状況だからこそ、この楽観主義は重要だ。

ライサンダー大佐は続ける。

「この戦争は先が読めん。最終的に国力で我々が勝利するとしても油断は禁物だ。国力だけで言えば、日本は日露戦争で負けていなければならんからな」

4

昭和一七年一月一六日、スラバヤ。

「スラバヤに退避していたのか……」

和気《わき》大尉の陸偵は日本軍の侵攻に先んじて、スラバヤ上空にあった。すでに多数の大型軍艦が沈められていることもあり、スラバヤにはレーダーはなく侵入は容易だった。

「確かに大型機が集結してますね、Ｂ17爆撃機が一五機です」

和気中尉が直下の光景を望遠鏡で確認する。一〇キロ以上離れているが、形状と四発大型機というところからＢ17爆撃機と特定することは容易だった。

「ここを潰せば敵の打撃力は大幅に減殺されるな」

和気大尉の陸偵の目的は、スラバヤに集結していると思われる敵戦力の状況を偵察することだった。特に航空戦力については最重点で、その戦力量の偵察が求められた。

「よし、帰還するぞ。次の目標に向かわねばならん」

与圧区画に事故が続いたことで陸偵の補給は一時的に止まっているため、前線にいる和気らの陸偵は損耗機の穴を埋めねばならなかった。

ともかく、和気らは戦場を渡り歩いていたのだった。

5

一月一六日、ケンダリー。

日本軍の侵攻は急激に進んでいた。超高空を飛行する陸偵による偵察は、連合国側に自分たちの動きが読まれていることを知られないまま敵情を把握することに成功していた。このことは日本軍の進軍速度に大いに寄与していた。

ただ、戦闘により稼働機五機だった零式陸上偵察機の二機が失われていた。

二機とも与圧区画の機械的故障が原因で、一機はこれによる酸素不足で操縦員が機体の操縦を誤り、高度一万メートル以上から海面に激突するというものだった。

もう一機はそこまで悲惨ではなかったが、与圧区画の故障から高度三〇〇〇まで降下したところをオランダ軍機に発見され、撃墜された。

そのオランダ軍機のパイロットはあまり日本軍機に詳しいわけではなかった。そのため印象的なテーパー比の意味もあまり考えず、大きさから爆撃機と報告した。これだけならまだよかったのだが、彼は陸偵の滞空時間を考慮した低速性能を単純に鈍足機と報告した。

彼が陸偵を撃墜したことはオランダ海軍の駆逐艦も目撃していたため、「日本軍爆撃機を撃墜！」の一報は、ＡＢＤＡ艦隊にとって久々の明るい話題として受け入れられた。その一方で、撃墜した機体の調査は行われなかった。

駆逐艦も残骸を拾い上げることはせず、洋上に漂う機体の一部の写真を撮影した程度だ。

それでも、この撃墜が植民地の動揺を抑えるためもあって盛んに宣伝されたことは、蘭印において日本軍機への認知を大きく歪めることになった。

このような状況で昨年末にはすでにダバオは日本軍の基地となり、翌年一月一〇日にはケンダリーも日本軍の占領下に入った。

そして一六日、鹿屋航空隊の陸攻三四機を中核とする第二一航空戦隊が出撃準備を整えていた。

この戦隊には戦闘序列として第三航空隊の戦闘機隊も含まれていたが、進軍が急激であるために部隊編成も途上であり、じつは編成は完結していなかった。

しかし、戦隊司令官はそのことに危機感を抱いていない。それには理由があった。

「ケンダリーを出発後、我々は第一電撃戦隊の戦闘機隊と合流する。その後、部隊は二手に分かれ、スラバヤとブリンヒンの敵飛行場を攻撃する」

陸海軍の航空隊はともにそうであったが、占領地が急拡大しているため基地航空隊は編成が完結する前に見切り発車で部隊が前進することが増えていた。計画以上の速度で戦線が移動しているためなのだが、これは必ずしもよいことばかりではなかった。

制空権を確保できているから大きな問題になっていないだけで、補給線が伸び切っていることで現場では、時に水雷戦隊の駆逐艦が緊急輸送を行わねばならないことさえ起きていた。

もともと貨物船に余裕がある作戦ではないのと、補給物資の量が前倒しで急増したため船舶には全く余裕がなかった。しかも占領地の多くで港湾施設が未整備であったことから、部隊は移動しても基地としての整備は遅れていた。

たとえば航空基地の無線機も正副二セットが定数であるが、正規の大型無線機は基地の新編や移動には間に合わず、副無線機だけで通信を維持しなければならなかったほどだ。

そういう状況であったので、航空戦隊の編成が未完成の部分は空母部隊が補っていかねばならなかった。

そうして時間になり、陸攻隊は出撃した。

6

一月一六日、スラバヤ沖。

第一電撃戦隊の空母赤城《あかぎ》では、戦闘機隊が出撃準備にあたっていた。ただ、出撃準備をしているのは戦闘機だけだった。

電撃戦隊はどれも、あちこちに駆り出されていた。特に制空権を確保しているなかでは艦攻、艦爆の出動が多いために整備が追いつかないことも珍しくなかった。今回も艦攻、艦爆は徹底した整備と整備員の休養にあてられていた。

整備の問題は深刻で、日本軍機は連日の出撃で機械的な損耗のために廃棄されている機体が現実に現れていた。

敵の戦闘機が現れなかったとしても対空火器の洗礼も受ければ、着艦時の負荷も決して小さくない。戦場とは機械にとっても過酷な環境なのだ。それだけに稼働率を維持しようとすれば、整備の負担は重くなる。

そうした空母赤城のなかにあって異彩を放っているのが、四機のズングリした印象の戦闘機だった。試制一式局地戦、つまりまだ制式前の戦闘機だ。

それは照準器を中心に戦闘機を設計するという従来にない方針で開発された戦闘機である。艦載機ではないが、大型空母からは発艦可能に設計されている。

それでも本来は艦載機ではないものが載っているのは、局地戦の性能試験と艦戦の製造と補給が間に合わないという事情があった。

日本軍は戦場では戦闘を有利に進めていたが、それでも損耗は起こる。しかし補給が間に合わず、航空隊で規定の定数を満たしている部隊はないのが実情だった。

ただ、一式局地戦はスラバヤの陸攻護衛とは別行動をとる。飛行特性や速度性能が異なることから同じ編隊での行動は難しいと判断されたのだ。

西田《にしだ》大尉は飛行甲板の後ろで零戦隊の出撃完了を待っていた。零戦ほど航続力のない一式局地戦は速度では勝るので後から出撃しても現地では合流できるのと、機体重量が戦闘機としては重い分だけ長い滑走距離が必要だった。

四機の局地戦では西田機が先陣を切る形だ。一機、また一機と零戦が出撃すると、ついに局地戦の順番となる。

局地戦は火星エンジンを利用しているため胴体は太く、零戦に慣れた搭乗員たちは四門の二〇ミリ機銃こそ羨ましがったが、それ以外の点では局地戦に触ろうともしなかった。速度は速くても運動性能の悪さが嫌われたのだ。

ただ、西田はそうした外野の声に惑わされない。そもそも局地戦は制空戦闘機ではないのだから、単純に比較しても意味はないのだ。

指揮所から発艦許可が下りるとエンジンの回転数を上げて、西田は飛行甲板を滑走する。

局地戦ならではの加速を感じるが、機体はなかなか浮かばない。もうすぐ滑走路が切れるかというところで、局地戦は発艦に成功した。

西田は機体を安定させると、照準器の調整を行う。この照準器は計算機であるという。歯車の類を用いず真空管だけで動作するので、戦闘機程度の加速度なら影響を受けることがないと説明された。

四個のトグルスイッチを適当に上げ下げし、ボタンを押して、さらにトグルスイッチの設定を変える。そして「演算」ボタンを押すと、スイッチの上にある四個の電球が計算結果を二進数で表示する。

西田も四桁の二進数の計算は習っているので、足し算の結果が正しいかどうかはわかる。任意の数値で計算結果が正しいなら、演算器は正常に作動していると考えていい。演算器は足し算を基本に計算を行うからだ。

演算器にはコンパスや速度計、さらに方向舵、昇降舵、気圧計などの機体の現状を意味する数値が送られる。戦闘時は照門に敵機を捉えるならば、光の点で射撃すべき位置を示す。光の点と照門が一致すれば、弾は敵機に命中する。

演習では結果を出していたが、日本軍が制空権を早々に掌握したため基地航空隊ではなかなか戦果をあげられなかった。

飛行艇や旧式爆撃機を撃墜したことはあったものの、それらは旧式の戦闘機でも撃墜可能な相手であり、局地戦の照準器の能力はいまだ実戦で確認されていなかった。

日本海軍の戦闘機は三機一組で活動することが多いが、今回は四機なので二機一組の二組で行動する。このあたりは運用についての研究の意味もある。

「敵哨戒機を撃墜！」

先鋒である戦闘機隊より一報が入る。西田は僚機に警戒するように指示を出す。戦闘機の経験では、僚機より西田のほうが先任だ。

先鋒の零戦隊の落ち度ではないが、哨戒機を撃墜したことで敵に対する奇襲は成立しなくなる。迎撃機が出てくるかどうかはわからないが、温存されていた爆撃機などは地上破壊されないために退避する可能性もある。

しかし、航空無線は激しい戦闘が起きていることを告げている。

どうやら敵は戦闘機で迎え撃つだけでなく、爆撃隊は艦隊に向かっているらしい。空母に爆弾の一つも命中させれば、空母部隊を壊滅できると考えているのだろう。

零戦隊には目をくれず、陸攻にしゃにむに向かっていく戦闘機もあるようだ。そうしたなかで四機の黒点が見える。

「敵重爆だ！」

西田は興奮した。これこそ局地戦がどこまで通用するかを確認するために現れた敵ではないか。重爆、つまりB17爆撃機である。

爆撃機と局地戦は真正面から接近し、その速度は音速にも近い。西田はすでに照門と光点を合わせていた。そしてB17爆撃機が回避する刹那、彼の局地戦の四門の二〇ミリ機銃弾が重爆の機首部分に撃ち込まれる。

B17爆撃機の機首部分は吹き飛び、急角度で海中に激突した。その間にほかのB17爆撃機も片翼をもぎ取られて墜落していた。

B17爆撃機と局地戦はそこですれ違い、B17爆撃機二機は前進したが、四機の局地戦は重爆の後方で反転し、B17爆撃機を追撃する。

ここで局地戦は立体的に大きな円を描き、B17爆撃機の後方上空から再び銃弾を叩き込んだ。

二機の重爆のうち、一機はエンジン二基から炎を噴きながら螺旋を描いて墜落していく。もう一機はあちこちで火災を起こしながら黒煙を曳いて、そのまま海面に激突した。

こうして四機の局地戦は四機の重爆を撃墜した。四機の重爆は第一電撃戦隊にもっとも接近した部隊ではあったが、彼らは空母の姿を見ることなく撃墜されたことになる。

このスラバヤとブリンヒンへの攻撃は、敵航空隊をほぼ壊滅させて終了した。

7

一月一八日、チラチャップ飛行場。

ライサンダー大佐にとって、秘密基地であるチラチャップ飛行場の存在が予想以上に重要になるとは思ってもいなかった。彼の認識では、この秘密基地は日本軍の侵攻を迎え撃つための後方支援基地であって前線基地ではない。

しかし、日本軍の奇襲攻撃により集結中の航空隊を失ったことで、チラチャップ飛行場（今回の攻撃が行われるまでは名称さえなかった）は連合軍反撃の中核的存在となった。

河川に並べた水上バスが野戦倉庫の役割を果たしていることも、非効率という意見はあったものの、この状況ではプラスに働いた。燃料を含め物資の確保はできている。

一〇機のＢ25爆撃機も組み立ては順調に進んでいる。というより関係者は寝る間も惜しんで組み立てを行っていた。その間に滑走路の拡張も行われ、ともかくもB25を離陸させることは可能となっていた。

滑走路の拡張は付属施設の建設と並行して進められていた。スラバヤ飛行場やブリンヒン飛行場への攻撃によりマランやマジウンの航空戦力は、一時的にチラチャップ飛行場に退避せざるを得なかった。そのため、まず飛行機を収容する掩体の建設が行われ、さらに集結した航空機が迅速に離発着できるようにインフラ建設が行われていたのだ。

このことは連合国にはプラスに働いていた。飛行機がいないマランとマジウンの飛行場は攻撃されたが、飛行機がいないことでほとんど無傷だった。そのため一機、二機単位でも、チラチャップ飛行場で組み立てた飛行機を合わせて、航空戦力は順次戻っていた。

これらはスラバヤ飛行場とブリンヒン飛行場の再建と合わせ、来航するであろう日本軍に対して、一大攻勢をかける先駆けとなるのだ。

これに伴い、オーストラリアからの航空機輸送も続いていた。輸送艦バリボルも再度の輸送任務についていたが、それだけではない。漁船より大きい程度の船舶が戦闘機を一機だけ、あるいは胴体だけ主翼だけというように輸送していたのだ。

この蟻輸送は軍用機輸送という観点では決して最善ではなかったが、数は動員できたので予想以上に多くの飛行機を輸送できた。

それらは戦闘機が中心であったが、制空権確保は至上命令であり、こんな方法でも戦闘機戦力が育成されるなら十分に価値があった。

じっさい戦闘機だけでも五〇機あまりが補充されていた。飛行機の輸送が不可能な漁船であってもドラム缶で燃料を輸送できた。

この漁船の動きは日本海軍にはほとんど察知されていなかった。ジャワ島の南方域は日本軍も完全に把握していたわけではなかったことと、海軍は大型船舶にしか興味がなかったのである。

「日本軍の動きが活発化しています」

通信長がライサンダー大佐に司令部からの命令書を届ける。彼はその命令書を待っていたかのように目を通す。

「日本軍がいよいよ動き出すようだ」

ライサンダー大佐は副官のオースター少佐に命令書を手渡す。

「日本軍の船団ですか……」

命令書には、日本軍が上陸部隊を乗せた船団を編成しているという情報と、それを撃破せよという命令があった。

「それでも上陸するのですか」

「それでもとは、どういう意味だね、副官？」

ライサンダーはオースターに質す。

「普通に考えたなら、スラバヤの航空基地を攻撃したその日のうちに上陸部隊が現れてしかるべきです。しかし二日たって、やっと上陸部隊の船団の情報が入ってきた。どうしてそんな時機を逸した上陸作戦を行うのでしょうか」

「その理由はわからんが、すぐには動けない事情があったのだろう。船舶の手配がつかないとかな」

船舶の手配については、ライサンダー大佐には心あたりがある。メッツ船長との関わりのなかで、船舶手配の難しさが議論になったのだ。

世界最大規模の海運力を持つイギリス連邦でさえこの問題の解決は容易ではなく、イギリスやアメリカよりも保有船舶数が少ない日本では、なおさら深刻な問題である可能性は想像するにかたくない。

「それならば、この作戦は負けられませんね。この作戦で船団を撃沈すれば、日本軍は大量に船舶を失い、次の作戦の実行も遅れます。それだけ我々も反撃の時間を稼ぐことができる」

ライサンダーはそうした視点でこの作戦を考えたことはなかったが、確かに筋の通った解釈だと思った。自分の副官はなかなか優秀らしい。

「攻撃時期は？」

「明日には行うつもりだが？」

「バリボルがB25を輸送しています。その増援を待てば？」

「いや、戦力的にはバリボルを待ちたいが時間がない。現状でも船団を攻撃するのなら十分な戦力だ」

こうしてチラチャップ飛行場から再建されたスラバヤ飛行場、ブリンヒン飛行場、マラン飛行場の三つに航空隊が移動する。マラン飛行場は海から離れているので爆撃機、ほかは戦闘機を移動させ、洋上で合流することとなった。

もっとも、ライサンダー大佐にとっては腹立たしいことに、細かい錯誤が頻発した。

基地はオランダ語運営され航空機を運用するのはイギリス軍とオーストラリア軍、それに米軍であった。英語圏でも微妙なニュアンスは伝わらないこともあったが、基地管理をするオランダ軍との言葉の違いによるやり取りは作業を遅滞させた。

　これにより航空隊出撃の準備こそ間に合ったが、ほかの基地施設の補充などは十分にできなかった。ともかく燃料と弾薬の輸送が優先され、計画では輸送されるはずのレーダーなどは後回しにされたのだ。

　ライサンダー大佐としてはレーダーが後回しにならないようになんとかしたかったが、部隊間の相互連絡がうまくいかないなかで作戦を優先させるとなれば、基地設備は後回しにせざるを得なかった。

　ライサンダー大佐はスラバヤ基地に移動し、全体指揮を執ることになっていた。指揮官は最前線近くにいるべきとの考えからだ。

　すでに滑走路には戦闘機が並んでいる。戦闘機はいくつかあったが、スラバヤ基地はＰ40戦闘機で統一していた。

　補給や運用を考えるなら、米軍機で揃えるほうがメリットは大きい。オランダ軍機は植民地向けの機体で二線級のものが多いのと、本国との交通が途絶えた状況では稼働率も低いため、それらはチラチャップ飛行場に集められていた。それでも数としてはすでに少数派だ。

　計画では、マラン飛行場からＢ17爆撃機や完成したＢ25爆撃機が総計三〇機出撃することになっていた。これはかなりの戦力だ。これらに対してスラバヤとブリンヒンの戦闘機隊が合流する。

　船団の位置について正確にはわかっていなかっ

たが、日本軍の目的地がどこなのかは先日の攻撃でわかっている。スラバヤから北上すれば、一時間以内に日本軍船団と遭遇するだろう。

「そろそろ偵察機を飛ばすか」

スラバヤ港には数少ないオランダ軍機である飛行艇が待機していた。これが船団の正確な位置を捕捉する。

さすがに推量だけでは攻撃隊を飛ばせない。飛ばせるのは索敵機までだ。

ところが、いつまで待っても索敵機からの通信はない。それらしい通信を傍受したとの報告はあったが、短すぎてそれが索敵機のものかどうかもわからず、時間的にも合わないという。

そうしたなかで緊急電が飛び込んできた。

「マランの飛行場が奇襲攻撃を受けました。爆撃機隊は地上で破壊され、全滅とのことです！」

ライサンダー大佐はあまりのことに状況が信じられなかった。どういうタイミングで攻撃が行われたというのか？

続報によると、出撃準備で燃料や爆弾を搭載していたのが裏目に出たらしい。一機の爆発で周辺機が誘爆したという。

「全機をチラチャップ飛行場に移動せよ！　次は我々だ！」

ライサンダー大佐の読みは正しかった。スラバヤ飛行場とブリンヒン飛行場は日本軍機の襲撃を受けた。

残念ながら、燃料不足と人員や機材不足から給油が間に合わない戦闘機が一〇機ほどあり、それらは離陸することなく地上破壊された。そもそも離陸できたら逃げている。

　ライサンダー大佐は幕僚とともにチラチャップ飛行場へトラックで移動したが、それは正解だった。日本陸海軍の空挺部隊がスラバヤとブリンヒンの飛行場を急襲し、占領してしまったからだ。そして、ジャワ島の油田はほどなく占領された。


　和気大尉はマランの重爆部隊が破壊されたことを確認して帰路についた。

　作戦の進行が早すぎて、ジャワ島攻略のための船団の船舶の手配がつかなかったため、連合国軍に航空隊再建の時間を与えたが、結果的にそれを一網打尽にできたのは幸いだっただろう。

　また、船団編成が遅れたことで、空母加賀《かが》を一時的に分遣隊として派遣し、船団護衛にあたらせることができたことも見逃せない。

「しかし、解せんな」

　和気大尉は思う。奇襲攻撃のまたとない機会なのに、どうして敵軍は頻繁に無線通信を交わしたのか？　あれでは大規模な作戦をマランで進めていることが、まるわかりではないか。

　疑問が解けないまま、陸偵は基地へと針路を変えた。

第2章　九三式陸攻乙

1

昭和一六年一二月二八日、追浜。

「一〇年ひと昔とは、よく言ったものだな」

空技廠の島田《しまだ》中佐は目の前の機体を見て、そう感想を述べた。そこにあるのは、遠くから見れば九三式陸攻を彷彿させる双発の複葉機だった。

もともと九三式陸攻は空母から出撃する大型攻撃機として計画されたが、操縦性や運動性に問題があって艦載機から陸上機に転用となり、主に大型機の教育訓練に使われていた。

その当時の技術では、複葉機である九三式陸攻はやたらとケーブルや支柱が目立つ、お世辞にも洗練されているとは言いがたいデザインだった。

しかし、島田の前にある複葉双発機は支柱の数も左右両翼で二つあるだけで、ケーブルは見当たらなかった。それだけ航空機の材料や構造設計が進歩したということだろう。九三式陸攻が昭和七年であるから、文字通りこれはこの一〇年間の進歩である。

「これが九三式陸攻乙ですか」

実験現場にいる大竹《おおたけ》教授に島田はそう声をかける。開戦からしばらくは島田も多忙で、大竹と会うのは数カ月ぶりだった。

島田を多忙にしているのは、零式陸上偵察機関係の仕事であった。前線からの配備要請や陸上偵察機隊の新編の手配、さらには与圧区画の事故調査とその対策。なすべきことは山のようにある。

さらに試制一式局地戦の活躍は、主務者としては嬉しい限りだが、その量産をどうするかという問題もある。

戦闘機に食い込みたいという川西の願望は達成されたが、川西の生産設備だけでは局地戦の大量需要には応じられそうになく、三菱なり中島への生産依頼も考えねばならない。とはいえ、この二社とて暇ではないのだ。場合によっては工廠での製造も考えねばならなかった。

特に頭が痛いのは局地戦の照準器の製造で、まだ実戦経験は少ないながらも、敵重爆にはこの局地戦の火力と命中精度は圧倒的だった。

また、陸軍との相互協力では局地戦の機銃掃射が現場の戦闘の流れを変えたことも一度や二度ではない。「イギリス軍戦車を上空からの機銃掃射で撃破した」との報告も寄せられていた。

この場合の戦車はいわゆる豆タンクであったようだが、戦車を撃破した戦闘機の噂はすでにひとり歩きし、海軍空技廠を飛ばして陸軍から川西に対して非公式の打診があったとも聞く。ノモンハンの屈辱を晴らすことができる空飛ぶ戦車に使えないかというわけだ。

こうした状況が、このひと月足らずのあいだに同時進行していた。島田としては海軍そのものを定時退社しても、その後の工場などとの折衝のため大竹に会うどころか、自宅にさえほぼ帰っていないのだ。

「そうだ。九三式陸攻だ、秘密保持と予算の関係でな。我々ばかりが新規開発を続けるのは、色々と面白くないことが起こるのだそうだ」

「まぁ、海軍も役所なんで」

島田は言葉を濁す。じつを言えば大竹教授の頭の中から生まれた陸偵も局地戦も、Z研究機という太平洋を渡ってアメリカ本土を空襲できる爆撃機の開発計画の過程で生まれたものだ。

その意味では、島田と大竹は太平洋爆撃機の研究しかしていないとさえ言える。ただ、現実に別々の飛行機が開発されているのは事実であり、海軍経理部としては「一つの開発計画」と見るわけにはいかず、「陸偵開発計画」と「局地戦開発計画」とは別物であった。だから「島田・大竹案件だけを優遇するのはずるい」という声も起こるし、それを無視できないのである。

そこで、完成形に一番近い爆撃機実験は既存機の改修という形で予算を捻出する必要があった。

「とはいえ、先生。予算申請の都合があるのはわかりますが、わざわざ複葉機にする必要なんかあるのですか」

「複葉機にしたのは予算の関係じゃない。軽量化した機体構造で強度を確保するためボックス構造にしたわけだ。結果として複葉機になった。

とりあえず高高度爆撃機として必要な照準器や電探を個別に開発してきたが、飛行機として全体を組み上げるとどうなるか？　その検証のための機体だ。もちろん、無駄にはならんぞ。将来を見据えて搭乗員の訓練に使える」

「大型の機上作業練習機になるわけですか」

島田は大竹の構成力に感心した。

正直、空技廠の人間として、海軍の航空行政には疑問に思う部分も多い。軍令部の要求で開発が始まるものの、自分たちの戦術ドクトリンなどなく、「外国が持っているから」という理由で双発戦闘機のようなものが開発されたりする。

もっとも、だからこそどさくさまぎれにZ計画機などを進められたのも事実だが。

「しかし、先生。この複葉機が高度一万二〇〇〇メートルまで上昇できるのですか」

島田にしてみれば、構造強度などと言われても複葉機とは旧式で、そんなものが最先端技術である高高度飛行ができるとは、とうてい思えない。

「加速さえ可能なら、どんな飛行機でも高度一万やそこらは飛べるさ。もちろんチンタラ加速していれば、その高度に達するまでに日が暮れてしまうがな」

「何か策が？」

「策もなしに実験はせんよ」

そう言うと、大竹は島田を複葉機に案内する。

予算の都合で九三式陸攻乙と名乗っているが、機体形状は細い葉巻型で、空気抵抗は少なそうに見えたが、あるいは与圧室の都合が大きいのかもしれない。

じっさいあとで機内に入ると、内部は球体を団子のようにつなげた構造となっていた。後部には機銃がついていたが、機銃手の照準器の動きに連動するようになっていた。武装はこの下向きの機銃だけだった。

高度一万二〇〇〇メートルまで上昇する戦闘機などはない。まして上から攻撃を仕掛けてくる戦闘機などあるはずもないので、下向きの機銃で十分との判断らしい。

防御火器が必要というより、そのための実用データを集めるのが目的と思われた。

それ以上に目につくのが、胴体下部にある丸いパイプであった。単純なパイプではなく、内部にはシャッターのようなものが見えた。

「ラムジェットだ。離陸して一定速度になったら作動させる。簡単な構造だが馬力は出る。これで機体を急上昇させることができる。巡航時は使わないがな。音がうるさくて敵に気取られてしまう。エンジンが不調で急降下しても、こいつを作動させれば墜落は免れる」

新機軸なのはわかるものの、島田にはラムジェットの意味がいまひとつわからない。それを察したのか、大竹は言う。

「ドイツの論文を参考に製作を依頼した。なかなかよくできている。まぁ、これのメリットはいくつかある。

まず高オクタン価の航空機燃料は必要ない。満州の石炭から作った人造石油でも飛ばせるだろう。理屈では軽油でも使用可能だ。石油の歩留まりのよさは本邦では重要だ」

「燃料供給の解決策ですか」

そう言う島田に大竹は首を振る。

「それよりも大きな利点はだ、飛行機の速度は壁にぶつかりつつある。プロペラを高速回転させているが、そうなると先端部は音速を超え、効率は急激に悪化する。

プロペラで進む飛行機は音速を超えられない。せいぜい時速にして七〇〇とか八〇〇キロが限界だ。それ以上は物理的に速度が出せない。

しかし、一つ解決策がある。プロペラが航空機の速度の制約になるなら、プロペラを排除すればいい」

「それがラムジェットですか」

「というより、反動推進全般がそうだ。正直、ラムジェットは音速突破の本命ではないが構造が簡単で、さっきも言ったように燃料面では日本向きだ。

ロケット機かタービンによるジェット推進が本命だろう。ただそれらが実戦に投入できるまで、この技術で時間は稼げる」

「何が問題なんです？」

「原理的に音がうるさいのは不可避なのと、直進は得意だが運動性能には難がある。あまり激しい機動をすると燃焼が止まる可能性があるのでな。

まぁ、局地戦とか一撃離脱の攻撃には向いているかもしれんがな。構造は簡単だから」

「うーん、搭乗員には嫌われそうですな」

2

九三式陸攻乙の搭乗員は七名だった。

機長で主操縦員の長田《おさだ》、副操縦員の関《せき》、電探担当の安本《やすもと》電測員、爆撃照準器担当の渡辺《わたなべ》爆撃員、偵察員も兼ねる野中《のなか》航法員、後部機銃も担当する常石《つねいし》無線員、戦闘時にはその常石を補佐する沼中《ぬまなか》機関員の七名である。

電探のように最近になって実用化されたものはともかく、ほかの装備についてはそれぞれが十分な経験を持っていた。

ただ細かいことを言えば、新機軸のかたまりというこの複葉機には慣れた機械というものはなかった。だから、安本電測員と沼中機関員は関副操縦員よりも先任の将校であった。

この二人は海軍の軍人として帝大の大竹の研究室で学んでいた。電探やラムジェットはそうした経験がなければ扱えない機械であったのだ。

航法員は比較的ほかの飛行機と同じであったが、高度一万二〇〇〇メートルの航法には、常に高い精度を要求される難しさがあった。遠距離飛行が期待されているため、わずかな誤差が大きな誤差となりかねないからだ。

さらに野中に関して言えば、与圧区画の管理という重責があった。これに関しては機関員の沼中と分掌していた。万が一、与圧区画にトラブルがあれば全員の命に関わるからだ。

機関員の沼中は一番の重責と言えた。高高度で稼働するエンジンの問題もあれば、なんと言ってもラムジェットの管理というものもある。

こればかりは、機体だけでなく操縦にも影響が出てくる。こうしたわけで、ある意味、全員がベテランであり、全員が素人同然でもあった。

もっとも、この七人全員が初対面というわけではない。さすがに新型機をいきなり離陸させるほど海軍も無謀ではない。まず離陸する前に各部の点検が必要であり、そうした実験で彼らはともに働いていた。

「今回の飛行任務はいままでとは異なる。フィリピンまで長駆し、コレヒドール要塞の三〇センチ砲台を爆撃することにある」

長田機長は部下たちに作戦目的を告げる。長距離試験が実戦ということに、乗員たちの緊張が伝わってくる。

追浜からコレヒドール要塞まで三〇〇〇キロある。計画ではコレヒドール要塞まで往復するが、状況によっては台湾の高雄、もしくは仏印に着陸することになっていた。

各員が異常なしを報告し、九三式陸攻乙はエンジンを始動する。エンジンは改良した火星エンジンを二基使用している。ここは九六式陸攻などと大差ない。

複葉である分だけ重いので、離陸の加速性能はさほど感じない。ただ、複葉であるため揚力は大きく、機体はすぐに離陸した。搭載している爆弾は砲台を粉砕するため、五〇〇キロ徹甲爆弾である。

陸偵で培った技術があるため、火星エンジンは高度六〇〇〇、七〇〇〇、八〇〇〇になっても安定して動いていた。

「よし、反動推進の試験にかかる！」

長田機長は沼中機関員に命じる。沼中は命令を復唱し、ラムジェットの点火準備に入る。

ラムジェットそのものの構造は単純で、吸気・圧縮・爆発・排気を繰り返すだけだ。そのため断続的な爆発音が続く。しかし、操縦員である長田ははっきりとした手応えを感じていた。

複葉機の空気抵抗のことはあるが、それでも「引っ張られる」という手応えがラムジェットから確かにあった。

「これがジェットというものか」

ラムジェットの力強さの割に速度は上がっていない。複葉機であるから空気抵抗の関係でそれは仕方がないだろうし、予想されていたことだ。

それでも複葉機は着実に高度を上げていく。プロペラでは出せない上昇力で、飛行機は高度を上げ続けた。そうして一連の実験を行った後にラムジェットは止められた。

基礎的な燃費や燃焼温度などのデータを集めたのだ。稼働させ続けなかったのは、燃費の面で読めない部分があり、フィリピンに向かう途中で燃料不足になることを懸念したためだ。


「意外に燃費は悪くないかもしれませんね。よいとまでは言えませんが」

「燃費が悪くないとは意外だな」

それが長田の率直な意見であった。馬力はあるようだが、断続的な音の発生はあまり燃費がよさそうな印象を与えなかった。

「そうでもないです。爆発したエネルギーはレシプロエンジンみたいに歯車を動かしたり、シリンダーを上下させたりするロスがないのです。爆発すれば排気は飛んでいくだけです。その部分の効率のよさがありますよ」

そう言えば、長田も技術者から「ジェットなら低質の燃料でも燃焼できるので本邦に向いている」と聞いていた。つまり、そういうことなのだろう。

ラムジェット推進により九三式陸攻乙は、短時間で高度一万二〇〇〇メートルまで到達した。それからしばらくは安定した飛行が続く。

電探に反応があった時は乗員たちも緊張し、常石無線員も対空火器の準備をした。なにしろ電探が捉えた飛行機は高度一万一〇〇〇を飛行していたからだ。

だが、対空戦闘の準備をしていた常石のレシーバーから、その飛行機が海軍の規範通りに誰何《すいか》してきた。常石は、すぐに追浜から飛行してきた試験機であることを告げる。

折り返し、相手からも自分たちが陸偵であることが告げられる。急な任務のために出撃したらしい。緊張感は安堵感に変わる。

「フィリピン方面に敵機なし」

陸偵はそう言って、暗に彼らの任務をほのめかす。どうやら互いに詳しい任務を知らされてはいなかったが、この陸偵がフィリピンの状況を偵察し、九三式陸攻乙の安全確認をしたのだろう。それにより長田たちも安心して任務に邁進できるわけである。

コレヒドール要塞に接近する頃には、天候が悪化してきた。そして、要塞上空では完全に眼下は雲に覆われていた。しかし、こうしたことは高高度飛行では珍しいことではない。

三〇センチ要塞砲を破壊するのは、じつはそれが狙いやすい目標であったためだ。長砲身の要塞砲は電探に強い反射波を返してくる。じじつ彼らは眼下に強い反射波を返してくる場所を特定していた。

もちろん、それだけで三〇センチ砲とは判断できないが、事前偵察で要塞砲の位置は特定されている。それと比較すれば位置がわかる。

陸攻は数度、標的上空を通過した。

そして、航法員は天測により自分たちの正確な位置を計測し、その値を目の前の数値盤に設定する。緯度、経度などをダイヤルで定めるのだ。

もちろん飛行機は移動しているので、計測中にも位置は変わる。だから飛行機が反転してダイヤルで設定した位置と一致した時、航法員はボタンを押し、その数値を搭載している五〇〇キロ爆弾のジャイロに送る。

「ジャイロ設定、宜候《ようそろ》!」

航法員の作業が終わると、爆撃員の渡辺の仕事だ。

標的である三〇センチ砲台の座標はわかっている。爆弾の中の演算器には飛行機の針路や速度、高度が電気的に送られる。爆弾には尾翼が付いており、ある程度の範囲で針路を修正できる。

適切なタイミングで投下された爆弾は、風の影響を多少受けたとしても設定された座標を目指して尾翼を制御するのだ。

爆弾にしてはかなり複雑な構造を内蔵しているのは、アメリカ爆撃機の性能に求められる必然でもあった。

空中給油をするとしても、アメリカ爆撃機には大量の爆弾は搭載できなかった。これは日本の大馬力エンジン技術の水準から避けがたい。

そもそも高高度と長時間飛行に特化しているのは、必要とされるであろう三〇〇〇馬力、四〇〇〇馬力というクラスのエンジン開発に目処が立たないからだ。

　搭載可能な爆弾は一トンを想定しているが、そうなれば貴重な一トン爆弾の命中精度を向上し、確実に目標を破壊する必要があった。そうすれば五トン、一〇トンを搭載するような爆撃機並みの戦果が期待できる。

　高度一万二〇〇〇メートルからの爆撃も、爆弾の貫通力を確保するための重要な要素だ。すべての技術は最終的にアメリカ爆撃機に結実するのだ。

　渡辺の前のランプが点滅し、投下タイミングが近いことを知らせる。点滅が終わった瞬間、渡辺は爆弾を投下した。

　あいにくの雲で爆弾が命中したのかはわからないが、戦果については連合艦隊の敵信班が通信傍受にあたっているはずだった。砲台が吹き飛んだなら、相応の反応はあるだろう。

　爆弾はおそらく命中したのではないかと長田は思った。なぜなら爆弾が命中し、衝撃波が来るくらいのタイミングで機体が揺さぶられたからだ。

　五〇〇キロ爆弾の命中では、ここまでの衝撃波にはならない。自分たちの所まで衝撃波が届くというのは砲台が爆発し、火薬庫にも誘爆したからだろう。

「これはまた、とんでもないものが誕生したな」

　長田は自分たちの新兵器の威力よりも、それが指し示す将来の戦争のことを思った。

　九三式陸攻乙によるこのコレヒドール要塞の爆撃を米陸軍当局は爆撃とは解釈しなかった。レーダーは国籍不明機を捕捉していたが、一〇キロ以上は接近しなかった。こうした飛行機は何度か報告されていた。

爆撃とした場合、爆撃機を目撃した人間がどこにもおらず、そもそもコレヒドール要塞を爆撃するのに単機ということは考えにくい。それも偵察機が行きがけの駄賃で投下するような小さなものではなく、ベトンの掩体を粉砕するほどの重量でなければならない。

なによりも爆弾であるとしたら、たった一発の爆弾が砲座に命中したことになるが、これを爆撃で実現しようとすれば、急降下爆撃機が行うしかないが、言うまでもなくそんなものは目撃されていない。

こうしたことから米陸軍当局は、砲台の将兵によるサボタージュか何かで火薬庫に火を放ったのではないかと結論した。とはいえ、それも消去法によるものでしかない。

火薬庫の誘爆でほとんどのものが吹き飛び、粉砕されていたため、原因の究明はほとんど不可能だった。ただ、一部の将兵のあいだでは不吉な噂が流れていた。

「砲台が爆発する前、レーダーが天使を捕まえた」

3

昭和一七年一月三日、大竹研究室。

正月というのに帝大の大竹研究室は、すでに仕事をしていた。それは先年末の九三式陸攻乙の実験が成功裏に終わったこともある。島田も海軍軍人としては正月休みであったが、休日返上で大竹の研究室に顔を出していた。

「実験成功、おめでとうございます」

島田はそう挨拶したが、大竹の表情はそれほど嬉しそうではなかった。

「確かに成功したが、不都合点がわからないのでは、必ずしも成功した実験とは言えないな」

それは島田にとって意外な反応だった。実験の成功が嬉しくないとはどういうことなのか。

「軍人の君には不思議に聞こえるかもしれないが、九三式陸攻乙のコレヒドール空襲にはいくつもの新機軸が導入されている。本来なら、ラムジェットなりジャイロ爆弾なりに不都合があってもおかしくなかった。

なにしろ新機軸だ。技術的に未知の部分は少なくない。それなのに不都合がないというのは、隠れた不都合点がわからんということだ」

「そういうものですかね」

結果オーライの軍人としては、大竹の考え方にはいまひとつ納得できないものがあったが、ともかく成功したという事実のほうが島田には重要だ。

「たとえばジェットにしても、ラムジェットはつなぎの技術だ。本命はタービンジェットだが、それが実用化するには時間がかかるだろう。戦争が終わる前に実用化できない可能性さえある。

そうなれば、ラムジェットで戦線を維持しなければならないかもしれない」

「えらく悲観的なんですね」

かなり大きな仕事を仕上げたはずなのに、大竹がそれほど喜んではいないのが、島田には不思議だった。

「島田くんは知っているか？　英米の電探が陸偵を察知するが、一〇キロ以上は接近しないし、急に位置を変えるから、まるで天使のようだと言われているのを。

　天使が現れると不吉なことが起こる。戦艦が沈んだり、砲台が吹き飛んだりな」

「そう言えば、敵信班の知り合いがそんな話をしていたような」

「どうして英米は、天使などと言い出したと思う？」

「高度一万を超える高空を飛行機が飛んでいるとは思っていないからでは？」

「日本の飛行機が高度一万を飛行できるとは考えていないためだよ。これがバトル・オブ・ブリテンであったなら、イギリスはドイツが超高空を飛行する飛行機を開発したと解釈するだろう。

　状況を冷静に分析すれば、超高空まで上昇できる飛行機が存在する以外の結論は出ないのだよ。彼らが陸偵を天使などと解釈したのは畢竟《ひっきょう》、我々の航空機技術に対する評価の産物だ。低い評価ゆえに天使などという戯言《たわごと》が出てくる。

　しかし、敵も馬鹿ではない。陸偵神話が通用するのは半年程度だろうし、対応策を検討するのも長くて半年というところだろう。

　その前に我々は性能を上げねばならん。その鍵は大出力エンジンにあるが、それに関する開発は遅れている。航空機技術は、まだ欧米には及ばんのが現実だ」

「そうでしょうか？　現実に我々は優位に立って

いる」

「それは、いわばある種の技術的奇襲の結果だ。超高高度を狙うというアプローチをとったことで成功したのだ。それが重要とわかれば、他国も真似をする。

　いいか。もしアメリカなりイギリスが、高度一万二〇〇〇メートルを飛行する爆撃機を開発したとして、本邦にそれを迎撃できる戦闘機があるか？　ないだろう」

「それでは、ここまで我々がやってきたことは無駄ということですか」

「軍人さんはすぐ性急な結論を出したがる。黒でなければ白、それでは現実の問題には対処できまい。

　いいかね。たとえば、新型の局地戦には驚異的な照準器の命中精度がある。そして、我々はともかくも高度一万二〇〇〇メートルに到達できる手段がある。だから局地戦をその高度まで到達させられるなら、そうした爆撃機も撃墜可能だ。それとだ」

「それと？」

「それこそ軍人さんの本分だよ。運用技術だ。作戦という狭い範囲の話じゃない。自分たちの手持ちの兵器をいかに効果的に運用し、いかに連携するかだよ。

　軍人視点では二線級の旧式兵器に思えるものでも、前線で効果的な使い道はあるのか、ないのか」

「旧式機はどうやっても旧式だと思いますが」

　島田には、ほかに言いようがない。最前線で使えないから二線級なのだ。しかし大竹は違う。

「すべての敵軍が対空火器を充実させているわけではないだろうし、すべての空域で制空権が確立しているわけでもなかろう。

旧式機だって一〇〇キロ、二〇〇キロの爆弾は積める。無防備な敵に爆撃するなら旧式機で十分だ。そして重要なのは、こちらが旧式機で攻撃しても、敵は最新鋭戦闘機を割かねばならないということだ。

詳しいことは知らんが、君らは陸偵をなぜか船団の護衛には使っていないようだな。それはまぁ、海軍さんの判断だが、マレー戦の戦訓は私のところにも色々はいってくる」

「先生のところにですか？」

大竹はそんな島田に呆れたように言う。

「帝大の私のところで学んでいるのは、海軍の軍人だけだと言うのかね？　陸軍の航空関係者だって学んでいるのだ。

そして、陸海軍両方の航空機運用の報告が入ってくる。当然だろう。前線で何が起きているかがわからんのに新型機の開発ができると思うかね」

「いえ、そうは言いませんが……しかし、船団護衛とどのような関係が……」

「船団で運ばれるのは陸軍部隊だよ。だから、陸軍視点で見ることになるじゃないか。陸軍の視点では、海軍航空隊は攻撃一辺倒で船団護衛をほとんど顧みなかったと言うじゃないか。

確かにマレー戦では、制空権はほぼ友軍が掌握していた。それなら対潜哨戒は、二線級の飛行機で可能だろう。

むろん複葉偵察機の能力は、今日の第一線では通用しないかもしれん。とはいえ、相手が潜水艦なら十分に役立つだろうし、なによりも複葉機でも飛行機があるのとないのとではまったく話が違うだろう。

君ら軍人はとかくきれいな作戦ばかりを立てたがるが、一度そのきれいな作戦が成り立たないとなると表面を取りつくろうか、さもなくば作戦そのものを投げてしまう。いまある戦力で次善、三善の作戦を立てることを嫌う。

君らが二線級の戦力を活用しようとしないのは、飛行機の性能もあるとはいえ、次善、三善の作戦を立てようとしないからではないのか？　それが報告を読んだ私の率直な感想だ」

島田には不愉快な話だったが、同時にそれに対する適切な反論はできなかった。

「とはいえ、いまからそうした準備は間に合わないでしょう」

そんな反論にもならない反論ができるだけだ。

それに対して大竹は意外なことを言う。

「だろうな。それに関しては陸軍が動いている。海軍の複葉偵察機一機を載せて航行できる、漁船より大きな木造船だそうだ。正確には鉄骨木皮らしいがな。

そんなのが何隻か船団と行動をともにすれば、数機の飛行機で敵潜水艦を制圧できるわけだ。爆雷投射もできると聞いたが、詳しくは知らん」

「陸軍が……船舶なんか扱えるのですか」

「船舶工兵部隊があるそうだ。彼らに扱える船舶として研究していたようだな」

島田も空技廠内で、陸軍から二線級の偵察機についての引き合いがあるという話は聞いていたが、水上機など何に使うのかと思うだけだった。まさか、こんな話につながっていたとは。

「こうしたことを手始めに陸軍機の海軍での運用、あるいは海軍機の陸軍の運用、そうしたことも必要になるだろう」

「陸軍機の海軍での運用と海軍機の陸軍での運用ですか……」

「別におかしな話じゃ、あるまい。君はアメリカと日本陸軍と、どっちが怖い？　陸軍か？　アメリカだろう。

だったら、海陸の境のない空こそ陸海軍が共闘すべき戦場ではないか。そうした合理的な運用を積み上げることが、技術面の劣勢を最小限度にすることにつながるのだ」

4

一月一五日、横須賀海軍工廠。

戦艦比叡《ひえい》の西田正雄《にしだまさお》艦長にとって、空母比叡の艤装委員長の辞令は予想外のものだった。戦艦を失った艦長ゆえに予備役編入はないとしても、何かの閑職にまわされるものと思っていたためだ。

それとともに気になったのは空母比叡という艦名だ。比叡は砲戦で痛打され、深刻な損傷を受けていた。そのため海軍工廠に入渠《にゅうきょ》していたが、まさか空母に改造するとは思わなかった。

確かに、戦艦として戻すには時間がかかりすぎるだろう。とはいえ、船体は使えるとしても、空母にするには年単位の時間が必要だろう。戦争に間に合うかどうかもわからない。

あるいは、これは遠回しの予備役編入のようなものなのか？

「年内には空母として復帰予定です。早ければ一〇月にも」

造船官の話に西田は驚愕した。

「一〇月って、もう一月だって半ばだぞ」

西田が信じられないのは、彼の場所から比叡の様子が見えるからだ。火災を起こした砲塔は撤去されていたが、艦橋構造物の多くは残っており、とても一〇月に空母化が終わるとは思えない。

上甲板をきれいにしてから空母のための設備を工事するとなると、どう考えても一〇月は不可能に思える。

「残骸を整理してから空母化に着手して、年内に間に合うのか？」

「空母の工事は、すでに始まっていますよ。場所は違いますが」

「場所は違う？」

造船官は、やや声をひそめる。

「戦艦大和《やまと》の経験だそうです。建造のための工程管理の改善ですよ。比叡の上甲板の整理と空母化のための準備を進めています。電気やら水圧、油圧の配管の類です。操舵機構も変わりますか。

空母には格納庫が不可欠ですけど、要するにあれは鉄の壁があればいい。それなら壁の部分を溶接で同時並行で建造しておけば、比叡の工事が終わったら運んで立てれば格納庫が完成です。

もちろん、これはかなり単純化した話ですが、概要はこんなところです。

格納庫の工事もそうですが、エレベーターの製作も始まっていますし、飛行甲板上の島型艦橋も準備されているのですよ」

「戦艦大和の影響か……」

西田艦長にとって戦艦大和とは世界最大の戦艦であったが、まさか造船技術にこんな波及効果を及ぼすとは思わなかった。

「空母比叡は電撃戦隊に編入されるかどうか、何か聞いてないか」

大和型戦艦の二番艦の武蔵《むさし》が就役することが決まっていたが、西田はそれと比叡が組むようなことを考えていたためだ。

「さぁ、そのへんは海軍省なり軍令部が決めると思いますが、噂では第五電撃戦隊を改編して、翔《しょう》鶴《かく》と武蔵で戦隊を編成し、霧島《きりしま》と比叡で第七電撃戦隊を新編するという話ですね。戦艦と空母が同型艦だと運用面で好都合でしょう」

「同型艦だと好都合か……」

確かもそうかもしれない。西田はそう思った。

5

同じ頃、海軍航空隊の矢内《やない》少佐は密かに海軍省に呼ばれていた。人事についての説明がある。それ以上のことはわからない。

そもそも説明を受けるはずの「人事」について内示さえもらっていないのだから、説明と言われても雲をつかむような話である。

海軍省人事局に出向くと、担当者は水交社で待っているという。それもかなり変な話だが、海軍省が嘘を言うはずもなく、指定された場所に向かう。

担当者が何者かは、すぐにわかった。手を振って自分を招く者がいる。同郷で海兵の先輩である木津《きづ》大佐だ。

軍令部にいたり航空本部にいたりと異動の激しい人だった。別に嫌われ者ということはなく、じっさいは反対だ。

木津は俊英で、それが証拠に自分はやっと少佐だが、彼はすでに大佐だ。ただ一番長いのは中佐時代だろう。

軍艦の副長やら赤レンガの第一課員あたりのポジションで、上司の抱える面倒な案件を解決してきた。だから、あちこちで便利に火消し役を押しつけられていた。

開戦前も多忙で、それは矢内も同じであったが、だから会うことはほとんどなかった。ただ、噂ではマレー作戦で補給や船舶不足を解消するのに辣《らっ》腕《わん》をふるったらしい。

どういう手管か知らないが、陸軍の船舶工兵と気脈を通じて、日本国内の資源で量産可能な木造船の研究などをしていたとも聞いている。海軍が無視するような五〇〇トン以下の船舶を木造でまかなうような話だ。

「大型船は鉄船でなければならないが、鉄はすぐに不足する。だから小型船舶は木造とすることで、大型船建造の資源の確保を図るのだ」

木津がそんなことを言っていると聞いた時には、確かにあの人らしい発想だと思った。

特に先の大戦でイギリスがドイツの潜水艦で飢

餓寸前まで追い込まれたことを、木津は同じ地理的環境の日本との比較で憂慮していた。

日本海軍が船団護衛への動きに鈍いのなら、陸軍に船を与えて自前で守らせようというのが船舶工兵との接触の理由だと思っていたが、新聞を見ているとそれだけではないらしい。

マレー戦などでは船舶機動による陸軍部隊の快進撃が報告されていたが、そのための船こそ木津が進めていた木造船だった。上陸用の舟艇としては大発もあるが、速力や積載量では木造船のほうがずっと勝っていた。特に現場への補給任務ではその優位は動かない。

そして、矢内は木造船の潜水艦による損失がゼロであることも見逃さなかった。

物資輸送という点では、木造船は内航船相当であるから遠距離では非効率だ。だが通商破壊戦の現場では、敵潜水艦の雷撃の効果を低下させることにもつながる。

魚雷一発で一万トンを沈められるところを五〇〇トンの戦果では、日本の物流を途絶するにはほど遠い。さりとて木造船を黙殺すれば、海上輸送量は常に一定水準を維持できる。

英米の潜水艦とて数に限りがあるからは、こうした形で輸送力が強化されれば対応は難しい。

潜水艦で船を一〇隻撃沈できればそれは潜水艦のエースだが、五〇〇トンの木造船を一〇隻撃沈しても、損失の総量は五〇〇〇トン。貨物船一隻程度に過ぎない。同時にそれだけの船舶が活動しているなら、潜水艦が撃沈される可能性も増大する。

むろん、人数は少ないとしても木造船にも乗員はいるわけで、一〇隻撃沈されれば相応の人員が失われる。ただ木津が凡人と違うのは、それでもトータルで考えるなら、船員の犠牲は大幅に減るという結論を導いたのだろう。

彼はそういう視点でものを見られる人間だ。このあたりの俯瞰した視点は自分にはないものだと矢内は自覚していた。

もっとも、矢内は木津の考えをすべて理解しているとは思っていない。航空隊を動かすなかで、彼は新型機への換装が進んでいる部隊に対して、旧式の複葉水偵などをニッケルか何かと交換という形で、木津が陸軍に提供しているという話まで聞いていた。

船舶工兵に水上機という航空戦力も持たせているらしい。矢内のところには来ていないが、知り合いの航空隊では、陸軍将兵に洋上航法や船舶の識別のようなことを教育したとも聞いている。このあたりになると、構想の全体像も矢内にはわからない。

「木津さんは、いま人事なんですか？」

テーブルの向かいの木津はどう見ても実戦部隊の人間で、赤レンガ勤務には思えなかった。

「海軍省人事局の仕事も兼務している。いまは航空本部とも関わりがあるが、陸上基地隊の人間だ」

機密事項もあるため詳細は話せないのだろうというのは、なんとなく見当がついた。それでも、噂の陸軍船舶工兵と木造船と水偵の話を聞いてみる。

「木造船なら水偵一機は扱える。そして鈍足な木造船でも水偵があれば、潜水艦には大きな脅威となる。そんな木造船が二隻、三隻いれば船団の安全は飛躍的に高まるだろう。

　もちろん、木造船に護衛されている船団を撃破するために戦艦、巡洋艦を投入されれば勝ち目はない。だが、第一線級の軍艦をこの程度の船団に投入しなければならないとしたら、敵戦力の効力は著しく低くなると言えないか？

　敵に対して非効率な戦闘を強いるのもまた、戦い方ってやつだ」

　そうして木津は本題に入る。

「君は大破した戦艦比叡が空母に改装されていることを知っているか」

「噂程度は。年内に戦線復帰とも聞いてますが、そんなことが可能なんでしょうか」

「新機軸を導入して年内の戦線復帰が可能だそうだ。でだ、貴官はこの場合、何が問題と思う？」

「早期戦力化の問題ですか？　いえ、不都合な点はないと思いますが……」

　矢内には見当もつかない。しかし、それは木津には予想通りの反応であったらしい。

「空母比叡は翔鶴型空母にほぼ匹敵する空母となる。艦載機は七〇機にはなるだろう。さて、これを戦力化するのに必要なのは何か？　空母航空隊だよ。空母で活躍できる人材が必要だ」

　矢内は、木津が言わんとすることがすぐにわかった。海軍航空隊に身を置けば、搭乗員不足は深刻な問題だ。確かに搭乗員のあてがなければ、早期の戦力化など画餅《がへい》である。

「それで？」

「だから君には、指揮官として空母比叡の空母航空隊を錬成してほしい。ただ、通常の空母航空隊とは性格が違う」

「性格が違う？」

「君らの部隊は川西の局地戦を運用しているな。まだ制式化前なので数は少ないが」

「はい」

「空母比叡の艦載機七〇機は、すべて局地戦にすることになる。第七電撃戦隊が快速力を生かして敵陣に突入する。奇襲ではない、強襲だ。その時、群がる敵機をねじ伏せるのが空母比叡の航空隊だ。

空母が敵陣を攻撃する必要はない。そこから先は霧島の主砲が敵を粉砕するだろう。どうだ？」

「それは、まるで死地に飛び込めというようなものじゃないですか」

「駄目か？」

「喜んで受けさせていただきます」

矢内は快諾した。

第3章　ラバウル攻略

1

　第六電撃戦隊が戦艦大和と空母瑞鶴《ずいかく》の編制となったことで、トラック島の連合艦隊司令部では地味だが重大な改革が行われていた。それは、連合艦隊旗艦が水上機母艦日進《にっしん》に置かれたことだった。

　水上機母艦と言われているが、日進の真の姿は艦隊決戦を前提とした甲標的母艦であった。主力艦による艦隊決戦の前に甲標的で敵艦隊を大混乱に陥れるという構想の産物だ。

　しかし、そもそも電撃戦隊や電撃艦隊の構想が艦隊決戦の否定の産物であるから、それが実現した時点で、甲標的母艦の存在意義はなくなっていた。じっさい千歳《ちとせ》型水上機母艦二隻は、すでに空母への改造にかかっていた。

　こうしたなかで宙に浮いた形なのが、水上機母艦日進だった。排水量から空母には改造できないが、最高速力二八ノットの快速は魅力的だ。そこで日進を改造し、一二機の水偵を運用するとともに、高い通信能力を持たせた艦隊旗艦として運用することが決まったのだ。

　連合艦隊司令部自体は、いまは陸上に置くのが定位置なのだが、必要に応じて作戦海域に出動すべき時もあり、そうした用途に旗艦日進は有用だった。自前で広範囲な偵察を行えることが重要と判断されたわけである。

艦載機一二機のうち、九機は零式水上偵察機だが、三機は川西の局地戦にフロートを付けて水上戦闘機としたものだった。基本的に連合艦隊旗艦日進は制空権下で活動するのだが、それでも自前の戦闘機があったほうが安全だろう。

川西の局地戦は、そもそも同社が水上戦闘機で三菱や中島の牙城に食い込もうと考えていたこともあって、水上機化は比較的容易だった。

高須四郎《たかすしろう》大将が連合艦隊司令長官として日進に将旗を移したのは昭和一七年一月であった。南方の資源地帯の確保は順調に進んでいたが、同時に米太平洋艦隊の動向にも目を向けねばならない。

最優先とすべきはアメリカとオーストラリアの交通の寸断であり、日本の本土防衛のために縦深を稼ぐことであった。そのためにはカンビエン、ラバウルの確保は必至だった。

「世が世なら、あれがＧＦの旗艦であったか」

作戦のために集まりつつある関係幕僚を迎えるため上甲板に立った高須司令長官は、ひときわ大きな戦艦の姿に感銘を受けていた。

第六電撃戦隊の戦艦戦力である大和だ。空母瑞鶴も巨艦であるが、大和の横ではその大きさもさほど目立たない。

ラバウル攻略は緊急性が要求されるので戦艦大和が投入される。ラバウルで頑強な抵抗を続けるオーストラリア軍を四六センチ砲で粉砕し、早期の確保を目指すのだ。

これに伴い、ラバウルの飛行場も相応の損傷を負うことになるが、そのための航空戦力は空母瑞鶴が、基地機能が復旧するまで担うこととなる。

そして視点を海面に向けた時、高須は不思議なものを見た。それは潜水艦で、大きさから言えば呂号だろう。ただ、形状はあまり見たことがないものだ。

潜水艦といえども船であり、海面から上は船のような形状をしている。しかしそれは、海兵の頃に学んだホランド型潜航艇を大きくしたような形状をしていた。クジラに似ているとでも言うべきか。

「あれが例の呂一〇〇型か?」

2

司令塔という海面に近い場所から仰ぎ見る戦艦大和の姿は圧倒的だった。

普通は潜水艦で戦艦、巡洋艦のかたわらを通過する時に感じるのは大きさである。しかし、この呂一〇〇型潜水艦から見る戦艦大和の印象は、天に通じるかのような高さであった。

宮山《みややま》潜水艦長は、そのことに戦艦大和の巨艦を思った。

「全員、トラック島の光景は目にしたな」

司令塔から宮山潜水艦長が艦内に声をかける。

全員が外の光景を確認したと聞いて、宮山はしばらくそのまま泊地を浮上して航行する。下手に潜航して僚艦と事故など起こすわけにはいかないのだ。

彼らはラバウル攻略作戦のなかで、本隊に先行してラバウル周辺の偵察と敵輸送船などへの雷撃を行うことになっていた。潜水艦としては任務は曖昧だが、その分だけ好き勝手な行動ができた。なぜなら、これは新型潜水艦の実験も兼ねた任務であるからだ。

最終的に呂一〇〇型が量産されることはないと宮山は考えていた。少なくともいまの呂一〇〇潜水艦のままでは量産されないだろう。なにしろ異例の速さで建造された潜水艦であるからだ。

基本的に水中でもディーゼルエンジンを稼働できる給排気管を装備した新型潜水艦が呂一〇〇であり、それは潜水艦だけを見ている範囲では間違いではない。

海軍には、すでに同じような機構を備えた伊号第一七潜水艦があった。これは確かに高性能潜水艦であるが、就役した伊一七を加えても建造は四隻で終わることになっていた。

理由は工期を短縮するため、工事の進んでいた伊号潜水艦に新機軸を装備したのがこれらの潜水艦であったが、既存の船型を用いているため設計としては最適と言えないと考えられたからだ。そもそも伊号のような大型艦は戦時量産には向かないというのが、造船官たちの意見であった。

そこで別途、新たに図面が引かれたのが呂号第一〇〇潜水艦であった。

どうも艦政本部などによると、本艦の白眉は潜水艦そのものではなく、素材、つまり溶接可能な高張力鋼にあるらしい。本艦が一年足らずで建造できたのも、この溶接可能な高張力鋼のおかげであるという。

ただ、この新素材開発に関して艦政本部はほとんど関わっていない。軍艦を設計するエリート造船官たちには、素材を開発するような地味な仕事を行うという発想がそもそもなかった。開発に尽力したのは逓信省の造船官・造船技術者たちであり、鉄工所などと連携してこの素材を作り上げた。

これは太平洋戦争開戦前の話し合いで、陸海軍が日本の商船の大半を徴傭したことに始まっていた。それはまだ昭和一四年頃の話で、南進も明確に決まってはいなかったが、万が一の場合には民間経済目的の輸送力が大幅に削減されることは明らかだった。

かねてより日本の海運業の体質強化を検討していた逓信省は、海外文献を参考に溶接を多用したブロック工法という結論を得た。そのためには溶接可能な鉄材の国産化が不可欠であり、その努力の結晶が溶接可能な高張力鋼だった。

この新素材を前提に呂一〇〇潜水艦が建造された。給排気管装備潜水艦の実験だけでなく、ブロック工法による潜水艦建造の実験も兼ねていたのだ。

だから、呂一〇〇潜水艦と同時に建造している一〇三までの四隻こそ同時建造（それも実験に含まれるから）されるものの、そこから先の呂一〇四以降は新しい船型になるはずだった。

それは、呂一〇〇型がいままでの海軍潜水艦の船型とは逸脱していることが嫌われているためでもある。しかし、給排気管を縦横無尽に活用するなら、クジラのような形状のほうがいいのではないかと宮山は考えていた。

　トラック環礁を抜けると、呂号第一〇〇潜水艦は潜航に入り、給排気管による航行が行われる。水中での速力は、この段階で一二ノットを維持していた。これは潜航中の潜水艦の速力としては圧倒的な数字である。

　海況は時間や場所により異なり、時として高波をかぶったりしたが、給排気管とディーゼルエンジンの吸気管は直接接続されていなかった。大小の径の異なるパイプが差し込まれる形になっており、給排気管に通じる太い管が海水を吸い込んでも、それは中心部の管には入らないようになっている。

　この構造も日本からトラック島までの間は、天候に恵まれていたので検証できていなかったが、やっとラバウル攻略作戦のなかで検証の機会を得ることができたようなものだ。

　何度か海水を吸い込んだが、ディーゼル機関に入り込むことはなく、エンジンは問題なく作動していた。

　ただ、給排気管からの海水は予想していた以上に機関部に溜まる傾向があり、排水に工夫が必要であることは明らかになった。とりあえずはバケツに溜めて後で捨てるしかなかった。

　潜水艦からは二本の管が水面上に出ていた。一つは給排気管であり、もう一つは短波用であったが、頂部についているのは電探である。メートル波の電探であり、対水上と対空の両方に対応できた。両用というよりセンチ波の実用化ができていないことによる。

ただ、真空管式計算機の応用としてフーリエ変換計算機に信号処理させていることで、波浪の影響は著しく改善されていた。それでもいまのところ受注生産のような装置であり、同じ電探はほかにはない。

警戒すべきは飛行機であるとは、宮山も聞いていた。給排気管による航跡はほとんど観測できないが、それでも浅深度を潜水艦が移動することで、時に海水の色の変化が見えることもあるという。海水の密度差は意外に色調の違いを生んだ。

「航空機が接近してきます！」

ラバウルに接近するなかで、ついに電探に反応があった。距離は五〇キロ前後で、単独飛行の飛行機で偵察機の類と思われたが、速度がどうもおかしい。

「おかしいですね。距離と方位が定まりません。極端に速度が遅くなったようにも見えます」

電測員が首をかしげているのを見て、宮山は助言する。

「敵味方識別装置を使ってみろ」

電測員がはっとした表情でボタンを押すと、ブラウン管の飛行機は友軍であることを示すように明るく点滅した。

敵味方識別装置は電探技術の応用らしいが、詳しいことは宮山もよく知らない。ともかく日本海軍の新型偵察機が画期的な仕様なので、それに対応するためのものらしい。

友軍の偵察機はそのままトラック島方面に消えた。燃料補給か何かのために戻ったのだろう。

しかし、すぐに呂一〇〇に対して司令部より情報が届く。

「敵輸送艦二隻を攻撃せよ」

どうやら先ほどの偵察機はこの敵輸送船を発見し、呂号潜水艦とも遭遇したので、針路などを教えたのだろう。

偵察機の側が、自分たちと接触した時点で自分たちが呂一〇〇であることを知っていたのかどうかはわからないが、攻撃を託したのは理解できた。

敵船団の位置に対して方位と速度の計測は容易ではない。偵察機からは速度と針路が送られてきたが、どこまで信頼できるかは相手次第だ。

ただ、宮山はこの観測結果は信頼できると考えた。なぜなら、この針路の延長線上にはラバウルがある。敵軍の増援を乗せた輸送船と考えるなら、すべての辻褄が合う。

その前提で宮山潜水艦長は敵の待ち伏せに向かう。情報では同型艦が二隻らしい。それが単縦陣で進んでいる。

輸送船はおおむね予定時間に電探に察知され、さらに肉眼でも観測できるようになった。速力や針路の観測はかなり正確で、これは偵察機搭乗員の技量の高さを思わせた。

それにしても二隻の敵艦は無防備に見えた。甲板の上には、野砲や戦車と思われる物資が満載されていた。あれがラバウルの防衛にまわれば、日本軍の侵攻はかなり苦戦を強いられるだろう。

呂一〇〇の魚雷は酸素魚雷ではなく、航跡を出さない電池魚雷を用いていた。酸素魚雷は高価であるのと、この潜水艦は小回りを活かす攻撃を行うという考えからである。

給排気管はここで収納され、潜水艦は完全に電池で航行する。船型がクジラ型なので、水中での運動はむしろ得意だ。

いま呂一〇〇型は電気魚雷しか搭載していないが、酸素魚雷でも空気魚雷でもなんでも使えた。これは真空管式計算機を搭載しているため、魚雷の型番さえ指定すれば、魚雷方位盤が最適な数値を計算してくれるためだ。

通常の潜水艦の多くは、まだ機械式の魚雷方位盤であるため、正確な数値を出せる魚雷が限られていたが、呂一〇〇型にはそうした制約はなかった。新型の電池魚雷を自在に使用できるのはこのためだ。

魚雷方位盤からの計算結果は、すぐに出た。宮山はすぐに四本の魚雷を発射準備をすすめる。

前部発射管が四本というのが呂一〇〇型であったが、四門すべてが同一目標を狙うことができるのはもちろん、条件さえ合えば左舷二門と右舷二門で別々の標的を狙うという器用な真似もできた。

これができるのは、相手が単縦陣を組んでいて速力方位が同じであり、速度などが一定の範囲内であるなど、さすがに実行可能な条件は厳しい。しかし、いま彼らの前にいる二隻の輸送船はその条件を満たしていた。

じつのところ、この二目標同時雷撃は今回が初めてだ。そうそう条件を満たす相手がいなかったためだが、いまその相手が現れた。

「放て！」

水雷長の命令とともに、相互干渉を避けるため時間差で四本の電池魚雷が放たれる。一つの輸送艦船二本の雷撃。計算では少なくとも一本は命中する。

発令所内にはストップウォッチを持った時計員の声だけが響く。ただただ秒単位の時間が刻まれるなかで時計員が言う。

「命中、いま！」

それとほぼ同時に爆発音が届く。一つ、二つ、三つ。四本中、三本が命中したことになる。

宮山潜水艦長はすぐに潜望鏡を上げる。

先頭を行く輸送船に魚雷が二発命中したようだ。激しく炎上しながらもすでに船は半分沈み、大勢が脱出していた。

後ろの輸送船にも命中したが、こちらは一本なので、そこまで急激には沈んでいない。しかし甲板の上は火の海で、乗員たちは消火作業よりも脱出を優先させていた。

そんな時に艦首部で激しい爆発が起こる。甲板に積み上げた物資の爆薬か何かが誘爆したらしい。爆破の衝撃波は空中に逃げはしたが、同時に火災を船全体に撒き散らすことになった。

そうして輸送船は大爆発の後に轟沈した。幸いだったのは、ほとんどの乗員が脱出準備にあたっていたことだろう。

ともかく宮山潜水艦長は、二隻の輸送船を撃沈したことを司令部に報告した。

彼はこの時、この二隻の輸送船が運ぼうとしていた物資と増援がラバウル防衛の鍵を握っていたことを、まだ知らなかった。

3

ラバウル攻略で活躍したのは、マレー作戦でも活躍した機動艇であった。マレー作戦の終わりが見えてきたことと、鉄道や道路が補給に使えるようになったことで、機動艇を転戦することが可能となったのだ。

ラバウルには三方向から上陸がなされるが、ラバウルと隣接する東飛行場を確保するために、四隻すべてがこの方面に投入された。

四隻が海岸に乗り上げると、すぐに船首の扉が開き、中戦車が揚陸を果たした。作戦の目的から作戦に投入されるのは全体で八両、ほかにトラック一二両が前進した。七〇〇人弱の兵士も降り立った。

機動艇は一隻で中戦車なら四両載せられるが、この作戦では全体で戦車を八両に抑えたもののトラックは増やしている。

このトラックはマレー戦の経験から改良がなされ、車体の一部に装甲が施され、運転席の上から防盾を施した軽機関銃を射撃できるようにしていた。

作戦に伴い、海軍の空母が制空権を確保していた。そのためオーストラリア軍の航空隊は完全に封殺された。

オーストラリア軍にとって最大の打撃は、増援のための輸送船二隻が沈められたことだった。陣地のための野砲や高射砲、さらに戦車も搭載されていたのだ。

　この二隻の損失で、オーストラリア軍の防衛線強化は頓挫した。しかも日本軍の上陸直前の撃沈であったため、新たな編制は間に合わなかった。

　ここでオーストラリア軍は、日本軍の上陸を許し、内陸で包囲殲滅する形に方針を転換した。内陸での防衛戦に徹し、その間に増援部隊がラバウルを奇襲し、日本軍を挟撃するというシナリオである。

　戦車を含む部隊の上陸はオーストラリア軍にとっても驚きではあったが、方針は維持された。そして、東飛行場とラバウルは日本軍の占領下に置かれたが、それはもともとの計画としてオーストラリア軍の守備隊への影響は少なかった。そう、砲撃が始まるまでは。


　第六電撃戦隊の戦艦大和の高柳《たかやなぎ》艦長は、初陣準備に感慨無量のものがあった。

　その胸中は複雑である。そもそも戦艦大和は、米海軍の新鋭戦艦を圧倒することを目的に開発されていた。だから戦う相手は戦艦であるはずだった。

　しかし、その前に大和が攻撃するのは地上のオーストラリア軍だった。彼らはラバウルの西飛行場を中心に防衛陣地を築いている。それを粉砕するのが大和に託された任務であった。

　すでに偵察機の報告から照準は定められていた。九門の主砲は空の一点を向いている。

　オーストラリア軍への攻撃に関しては、空母瑞鶴による航空攻撃も提案された。しかし、連戦によって航空機の補修や整備が必要なことと、戦艦大和の火力を実戦で確認することが優先されたため、大和が砲撃を行うのだ。

「撃てーっ！」

砲術長の命令とともに砲弾が放たれる。試射が省略されているのは、真空管式計算機による射撃盤の性能試験の意味もある。

今回の射撃に関しては、計算機が真価を発揮するのは命中精度とはやや違っており、砲弾の起爆タイミングであった。

大和の主砲弾を敵陣の上空で炸裂させる。それによる空中爆発の精度と威力が重視されたのである。

「おぉ、空中で炸裂しているぞ！」

時計員の報告を聞きながら、高柳艦長は西飛行場のあたりに双眼鏡を向けていた。すると、空中に砲弾が炸裂した赤褐色の雲がいくつも見えたのだ。

砲弾は間違いなく敵陣の上空で炸裂している。その下にいる将兵は、いままさに地獄を見ているに違いない。

試験も兼ねて一門あたり二〇発の砲撃が行われる。九門の主砲であるから一八〇発の四六センチ砲弾がオーストラリア軍陣地の上空で炸裂したことになる。重量で言えば三〇〇トン近い鉄量の投入だ。

空母瑞鶴でも攻撃隊の準備が進んでいたが、出撃命令も大和に対する第二波の砲撃命令も出なかった。オーストラリア軍が降伏したからだ。

ラバウル市街に上陸した部隊はそのまま西飛行

場に進駐し、オーストラリア軍将兵の武装解除を行った。

　海軍施設本部の部員は、武装解除が終わったばかりのラバウルに入っていた。まずは東飛行場復旧のための工期の見積もりなどを行う。

ただ、ラバウル占領は比較的短時間に終わったため、東飛行場の復旧はそれほど手間ではないと思われた。

　しかし、トラックに乗って西飛行場に移動すると状況は一変した。そもそも西飛行場への移動が容易ではなかった。道路が破壊されて通行ができないため、ラバウル市街に戻ってから大発に乗り換えねばならなかった。

　大発でラバウルの湾内を移動すると、大発や中発などの舟艇がひっきりなしに移動するのが見えた。

　それらのいくつかは、布ににわかに赤十字を描き、上空から識別できるようにされていた。どうやら負傷したオーストラリア兵の移送らしい。

　それだけではなく、海岸に上陸するとオーストラリア兵の死体が埋められている最中だった。死体の様子までは施設本部のチームからはよくわからなかったが、多くの兵士が無言で作業にあたっていた。

　塹壕を掘った程度の陣地の上で四六センチ砲弾が次々と炸裂したのなら、彼らはほとんど裸で置かれたに等しかっただろう。一行は可能な限り遺体処理の現場を見ないように前進する。

　しかし、トラックはすぐに通行できなくなった。

一行は言葉少なに機材を担ぎ、歩いていくしかなかった。そうして彼らは西飛行場に着いた。

「さて、これはどうしたものか……」

施設本部の土木技師は、目の前の光景に立ち尽くすよりなかった。

砲弾はすべて空中爆発だったため、滑走路に巨大なクレーターができているようなことはなかった。しかし、炸裂した砲弾片は最終的に秒速数百メートルの速度で滑走路に飛び散っていく。

砲弾は羽を広げた蝶のような形で幅数百メートルに広がり、滑走路は完全に粉砕されていた。そこが滑走路であるという先入観がなければ、よく耕された畑のようでさえあった。

滑走路とは地面の深い部分から土壌改良を行って作り上げる。それが総計三〇〇トン近い鉄量によって耕されたようなもので、地盤から作り直す必要があった。

しかも事は予想以上に深刻だった。地面に大小さまざまな鉄片が刺さっている。これらを完全に除去しなければ飛行機の車輪をパンクさせかねない。つまり、事故のもとだ。

「みんな、聞いてくれ！　新戦艦の砲撃は想像以上に激烈だった。まず滑走路を方眼で一〇か所に分割する。それぞれの領域について被害状況をまとめてくれ。土壌改良の工事は可能な限り最小にしたい。

できるなら被害の軽微な部分をつないで、戦闘機の離発着が可能な滑走路だけは確保したい」

それが施設本部の責任者の打開策だった。

「第四艦隊の主計部にも連絡してほしい。もしラバウルに建設重機が残されていたら、それをこちらの工事で活用する。機械力なしで迅速な復旧は不可能だ」

日本海軍の施設本部や設営班は機械化の途上にあった。帝大で土木や建築を学んできた高級技術者である彼らは、土木建設の機械化の重要性を理解していたし、アメリカのフーバーダム建設を見学するようなこともしていた。

だから建設重機が重要なことも、どんなものが製造されているかの海外事情にも精通していた。それでも機械化が遅れていたのには、日本の特殊事情があった。

世界的な不況による失業者の増大は、日本にも波及していた。そこで失業対策を行うのだが、自治体の予算の制約もあり、既存の道路整備計画などを失業対策にあてることで問題解決を図った。

だから、一台で人間一〇〇人分の作業をこなすブルドーザーの類を導入するわけにはいかなかったのだ。失業対策として、より多くの人間に職を提供するためには機械化を実行するわけにはいかなかった。

余談ながら、この土木工事計画を失業対策に転用するという政策は、より多くの失業者に職を与えるという必要性から長期間の雇用は行われず、短期雇用で人が交代するために土木建築の知識を習得した人間はむしろ減少していた。

そして開戦前からいまも、件数こそ開戦後に減りはしたが、海軍の工事は海軍から民間会社に発注という形が続いていた。とりあえずいまは優勢に戦局が動いているが、戦闘時に民間の土木従事者が巻き込まれたらどうするのかという点については十分な対応もできていない。

海軍施設本部も、一部で始まった木造船舶量産の動きのなかで船舶工兵の存在を知り、それに触発される形で海軍設営班の軍人化が着手されていた。これは軍属を用いず、全員が海軍の軍人という海軍部隊として編成される。

これにより全体の指揮系統が明確になるばかりでなく、基礎的な戦闘訓練を施すことで、ある程度の自衛能力を持たせることも可能となっていた。ただ、軍人化設営班で編制完結したのは六個しかなく、もうじき完結するのを含めても八個設営班であった。

施設本部が機械化に積極的な理由は、土木建築技術を列強に匹敵するものにしたいという意図とは別に、占領地拡大に伴う海軍土木建築需要の増大に軍人設営隊を対応させるとすれば、個々の設営班の人員を縮小し、その分を機械力で埋める必要があったためだ。

機械化さえ進めば、一夜にして八個設営班を一六個設営班に増大させることが可能となる。施設本部としては、土木機械の確保はそのまま部隊数の増大につながるのだ。

そうした施設本部のメンバーから見れば、西飛行場の基地施設の残骸には涙が出た。そこでは大型ブルドーザーやローラーなどの建設機械が格納庫ごとクズ鉄となっていたからだ。

とてもではないが修理できるような状況ではなく、海軍軍人のなかで彼らだけは四六センチ砲の威力を呪っていた。

4

一九四二年一月二五日、米太平洋艦隊司令部。

米太平洋艦隊司令長官のキンメル海軍大将はラバウル陥落の報告に、自分の立場がいよいよ厳しくなったことを感じていた。

日本軍のフィリピン攻撃により日米間は戦争に突入していたが、アメリカ合衆国政府の日本への宣戦布告は遅れていた。

アメリカ本土か、せめてハワイが奇襲攻撃されたのならばともかく、フィリピンへの攻撃という点で、議会内の多数派は開戦支持であったが、満場一致とは言いがたかった。

特に一部議員の間では、最初に攻撃されたのがマレー半島ということもあり、「日英間の戦争にアメリカが巻き込まれた」という意見に相応の説得力があった。

話が複雑なのは、そもそも開戦決定は大統領の権限の範疇《はんちゅう》なのかという議論も起きていたからだ。こうした議論を経た後に、アメリカ合衆国は国として開戦を決定した。

これに関しては、ドイツが三国同盟にしたがってアメリカに宣戦布告したことのほうが影響は強かったとさえ言われている。

いずれにせよ、アメリカの公論では「日米戦争は日英戦争に巻き込まれた」という論調は戦争が決まってもなかなか払拭されず、合衆国政府の政策にそれなりの掣肘《せいちゅう》を加える結果となった。

この政治的に難しい状況で、米太平洋艦隊の役割は決して小さなものではなかった。同時に色々な困難があった。

政治的にもっとも望ましい状況は、米太平洋艦隊による迅速な日本列島の封鎖であり、それによる日本の降伏というシナリオだ。

現在の合衆国内の世論を考えるなら、戦争の長期化は国民の支持を得られないから、長くても一年以内に戦争を終結させる必要があった。もちろん、合衆国が勝つ形でだ。

これは簡単なようでいて難問だった。

確かに表面的な海軍力では、米海軍は日本海軍に勝っている。しかし、日本海軍は太平洋正面だけを考えればいいのに対して、合衆国海軍は大西洋、太平洋の両正面を考えねばならない。現実問題としてドイツが宣戦布告したいま、戦力は二分されることになる。

ただし、戦力自体は大きな問題ではない。問題は日本列島を封鎖するためには、米太平洋艦隊が日本列島近海まで進出しなければならないことにある。

本土から出撃できる日本海軍に対して、自分たちは必要な燃料その他を少なくともハワイから輸送しなければならない。これは膨大な負担となる。

対日作戦であるオレンジ計画でも、このことはかねてより指摘されていた。そして、それに対する方法論は二つしかなかった。

一つは、ハワイから日本までのあいだに補給基地を建設しながら前進するというものだ。日本の海上封鎖を完璧にするための支援施設を建設することで、作戦に自由度を確保でき、軍事的には一番望ましい。

ただし、この計画では戦争は否応なく長引くことになる。二年や三年はかかるだろう。

そこまでの戦争を国民が支持してくれるかどうか、政治的な問題がある。特に宣戦布告までに議会の支持に時間がかかった状況では長期戦は難しい。

もう一つは対照的な作戦である。太平洋艦隊が一気呵成に前進し、日本近海まで進出して封鎖を完了し、日本を降伏に追い込むというものだ。

しかし、この作戦案の欠点は先ほどのものとは逆になる。補給体制がほぼ期待できないため、作戦に柔軟性がない。短期決戦で勝負がつけばよいが、そうでなければ艦隊全体が非常に危険にさらされることになる。

それはわかっていたが、キンメル太平洋艦隊司令長官としては、軍事的合理性とは別の次元で考えねばならなかった。

ルーズベルト大統領からの大抜擢で現在の職についたからには、政権のために目に見える結果をすぐに出さねばならない。

そうなると、時間をかけて基地建設を行うという作戦案は採用できない。残されたのは一気呵成に進軍するというものだが、それにもしかるべき時間はかかる。

この問題は、キンメルだけが悩んでいたわけではなかった。正確に言えば、司令長官が悩んでいることは誰もが理解していたから、それに対する打開策を司令部要員たちは考えていたのである。

「現状では、空母部隊による日本本土の奇襲計画が最善であろうと思われます」

　それを提案したのはスミス参謀長だった。

「日本本土、東京でもどこでも構いませんが空母による奇襲攻撃を行えば、我々は力を誇示できますし、本土が攻撃されれば日本軍の前線への圧力を軽減することが可能です」

「なぜ空母なのだ？」

「日本本土に必要以上に接近しなくてすみますから。あくまでも一撃離脱の攻撃が重要です。こちらに損失が出るのは、軍事的にも政治的にも面白くありません」

　スミス参謀長は、それとなく「政治的」という部分を強調する。

　キンメル司令長官は、確かにそうしたゲリラ戦術が効果的であることは参謀長と同意見であった。

　しかし、ここで参謀長の意見のまま作戦を実行することは、彼自身の評価にとってはマイナスとなろう。

　つまり、司令長官として彼の提案であると言える部分が必要なのだ。

「確かに参謀長の意見は傾聴に値する。しかし、いきなり日本に向かうのではなく、まずは現在の日本軍の前進を阻止することが優先されるだろう。

　したがって、空母部隊はラバウルやウェーク島などの日本軍の占領地を急襲し、混乱させることこそ重要と考える。使える戦力はわかるか？」

「ウェーク島でしたら、空母レキシントンが使えます」

　参謀の一人が答える。

「よし。レキシントンに攻撃を命じよ」

5

一月二五日、太平洋。

米海軍第一二任務部隊のウイルソン・ブラウン中将はこの時、巡洋艦インディアナポリスに将旗を掲げていた。

彼らの任務は本来、ラバウル防衛に従事することだったが、予想以上に早期にラバウルが陥落したため、帰路についていた。

彼らは巡洋艦、駆逐艦合わせて一〇隻ほどの小艦隊であったが、中核には空母レキシントンがあった。

「オーストラリア軍は日本軍の戦艦の攻撃で降伏したというのか」

ブラウン長官は自らの情報参謀に尋ねる。

「詳細ははっきりしませんが、空母は参加せず、戦艦のみの攻撃であったようです。戦艦の攻撃が激しかったというより、基本的に彼らの防衛陣地が貧弱だったのと、増援を乗せた輸送艦が沈められたことが大きかったようです」

「まぁ、陸上陣地を軍艦で攻撃しないというのは海軍の常識ではあるな」

ブラウン長官は帰還を命じられていたが、内心では納得していない。自分たちの戦力があれば、日本軍を撃破することは可能という考えがあるからだ。

それでも帰還するのは、軍人は命令にしたがうべきと考えるのと、オーストラリア軍が陣地を確保しているならレキシントンの攻撃も意味を持つが、土地を占領する歩兵がいない状況では、自分たちの攻撃に意味はないと思うからである。

しかし、そんなところに米太平洋艦隊からの命令であった。それはウェーク島の奇襲攻撃である。

ウェーク島は四次にわたる攻防戦で、米守備隊は日本海軍の駆逐艦三隻、潜水艦一隻、輸送船二隻を大破・撃沈するだけの戦果をあげたものの、米軍側も死傷者一〇〇〇人という惨状であった。

いまのところ、米海軍にウェーク島を奪還する計画はなかったが、おそらく米軍が奪還するにはもっとも容易な島ではないかとブラウン長官も考えていた。

あるいは奪還計画が出て、その前哨戦として奇襲攻撃を仕掛けるということかもしれない。

「空母レキシントンにより主に飛行場を空襲する。空襲は一度とする。敵を混乱させるためと、レキシントンを危険にはさらせん。おそらく我々への奇襲命令は、これだけでは終わるまい」

命令文は奇襲を行えと言うだけで、攻撃目標も何も示されていない。攻撃という事実こそが重要らしい。さらに補給計画について何も変更がないので、短時間で終わらせるというのは明らかだ。

「攻撃は明日、未明に行う！」

こうして任務部隊はウェーク島に針路を切った。

6

一月二六日未明、ウェーク島。

この時のウェーク島には海軍陸戦隊一個中隊が駐屯していた。総勢で五〇〇名ほどだが、ほとんどの将兵が海軍施設本部の技術士官の指示を受けながら、島の復旧作業にあたっていた。

　島の湾内には貨物船二隻と駆潜艇一隻が配備されている。桟橋もなにも未整備なので、この貨物船は倉庫代わりだ。

　第四艦隊司令部からは一刻も早く貨物船の荷物を降ろして船を戻せと言ってくるが、陸戦隊の布《ふ》施《せ》中佐はもとよりそんな命令にしたがう気もなかったし、そもそもしたがえなかった。

　なんと言っても、五〇〇人の人員では基地機能の復旧と船舶の荷降ろしの二つは両立しない。ここは基地なのであるから、基地機能の復旧こそ優先される。

　そうなれば荷降ろしは後まわしになるし、倉庫さえ建設されていない状況では、船から荷物を降ろすのは物資を劣化させるだけである。貨物船なら冷蔵することもできるのだ。

　ウェーク島攻略は当初の計画とはまったく違った展開となった。開戦劈頭の航空攻撃で島は無力化され、簡単に占領されるはずだった。

　ところが米軍も防備を固めており、島の砲台やいないはずの航空機により第一次と第二次で駆逐艦二隻を失い、死傷者三〇〇名を超える惨状となった。

　ここで空母部隊でも投入できたらよかったのだろうが、それらは南方に向かうか、本土防衛に従事しており、結果的に逐次兵力投入を余儀なくされた。

　それでも島の占領には成功したが、それまでに四次にわたる攻防戦があり、日本だけで七〇〇名を超える死傷者を出すこととなった。

こうして占領したウェーク島は基地機能として無傷なものは何もなかった。一言でいえば、島を占領した陸戦隊は瓦礫の山を占領したようなものだった。

そのため復興はいまも続いている。計画ではウェーク島には陸攻隊が進出するはずだが、とてもではないがそんな余力などなく、滑走路はなんとか戦闘機が離発着できるだけだ。

その戦闘機にしても九六式艦戦が四機しかない。それが全航空戦力だ。計画と現実の落差はあまりにも大きかった。

海軍も設営班を編成し、飛行場などの野戦築城を行っているが、ウェーク島の優先順位は低いため技術士官の派遣がせいぜいだった。

砲台さえなく、火力は駆潜艇の七五ミリ砲が頼りというのが実情だ。もし米軍が奪還を企てたら、一日ももたないだろう。

ともかく滑走路が完成し、陸攻隊もしくは艦攻が運用できるようになれば、島の防備は強化されるだろう。しかし、それにはまだ時間がかかる。

そうしたなかで、布施中佐は眠れない日々が続いていた。だから夜明け前に島を歩くことが続いた。何をどうすればいいのか？　それを考えながら島の中を歩くのだ。

滑走路の工事現場には高射砲の陣地がいくつも造られていた。ただし、高射砲はまだ設置されていない。

高射砲だけにとどまらず、陣地にしても窪地を作った程度でしかない。いくつかの窪地には機関銃が設置されているが、それが対空火器のすべてである。

幸いにも敵襲はないのだが、現状では敵が駆逐艦一隻でも撃破は容易ではないだろう。というより撃破できるかどうかもわからない。

「ん？」

まだ薄暗い空の彼方から飛行機のエンジン音がする。

布施中佐は最初、それが何かわからなかった。エンジン音であることもわかるし、それが複数であることもわかる。しかし、それは誰なのか？

彼がそれをすぐに敵襲と考えなかったのは、ここまで日本軍は敵軍の動きを偵察機隊により事前に察知すると言われていたためだ。しかし、そもそも偵察機が飛んでなければ敵状報告もない。

そして、エンジン音に続いて爆発音が響く。

「敵襲！」

布施中佐は叫ぶが、ほとんど意味はない。この島には電探さえない。爆撃されるまで襲撃されたことさえわからないのだ。

それでも爆撃は滑走路を中心に行われていたため、布施中佐は無傷だった。だが、滑走路周辺の施設は次々と爆発、炎上し始める。

さらに、湾内の貨物船も一隻が爆弾の直撃を受け、激しく炎上し始めた。駆潜艇にも被弾し、爆雷の誘爆でそれ自体が木っ端微塵となった。

襲撃は一〇分ほどで終わった。奇跡的に一機の九六式艦戦が離陸に成功し、爆撃機二機を撃墜した。

しかし、それに歓声をあげるものはいなかった。

地上はそれどころではなかったのだ。基地機能はほぼ失われた。

　ウェーク島は大打撃を受けた。無線機を修理し、艦隊司令部に報告するまでに一日が必要だった。


「SBD急降下爆撃機が二機、失われたか」

　ブラウン長官はウェーク島攻撃隊の報告を受けていた。奇襲は成功したが戦闘機隊の出撃を受け、攻撃機を二機失ったという。

　ウェーク島の状況は米軍も把握しておらず、今回の攻撃までは戦力はほとんどないと考えられていた。

　ただ艦艇も数隻在泊しており、そこそこの戦力が駐屯していた。艦艇の一隻は撃破できたが、敵戦闘機隊により攻撃隊に被害が出た。

　確かに奇襲だから攻撃は成功したが、第二波の攻撃は相応の損害を考えねばならないだろう。しかし、そこまでの準備はできていない。

「とりあえず命令は実行できたな」

　ブラウン長官はそれで納得するしかなかった。

第4章　奇襲攻撃

1

昭和一七年一月二七日、連合艦隊司令部。

トラック島の連合艦隊司令部は前日のウェーク島への奇襲攻撃の意図について分析を始めていたが、ほとんどの人間がその意図に当惑していた。

海兵隊か何かがウェーク島を奪還したとでもいうなら、まだ話はわかる。アメリカにとって奪われた領土を奪還することは、軍事的にはともかく政治的には象徴的な意味がある。

しかし、ウェーク島は奪還されたわけでもなく、一度の攻撃で終わってしまった。

確かにウェーク島の基地機能は復興途中であったが、この奇襲攻撃で壊滅的な打撃を被った。日本海軍としては口にできないものの、敵が島を奪還するならいましかないという状況だ。にもかかわらず、米軍はやってこなかった。

「これは威力偵察だろうか」

そうした意見もあったが、ウェーク島を威力偵察する意味がわからない。現状でその必要性が認められないためだ。

「ウェーク島への攻撃そのものは目的ではなく、別の作戦を隠蔽するための陽動作戦ではないか」

連合艦隊司令部の分析の大勢はそうしたものだ

った。そうなると、敵の本丸はどこかが次の議論となった。これに関しては比較的簡単に結論が出た。

「敵の主攻はラバウルである」

連合艦隊司令部はトラック島にあるが、さすがにいまここを米海軍が攻略するのは難しいだろう。下手をすれば、トラック島とラバウルに挟撃される危険があるためだ。

したがって、トラック島の連合艦隊司令部を叩くためには、それを防備する位置にあるラバウルを排除する必要がある。

しかしながら、ラバウルの攻略もそう簡単ではない。複数の滑走路を持つ航空要塞であるからだ。日本軍の戦艦の砲撃の威力は、彼らもわかっているはずだ。

だが、ラバウルを排除する必要があるのは間違いなく、そのためにはゲリラ攻撃を仕掛けてくるかもしれない。

「仮にラバウルを攻撃するとすれば、やはり空母による奇襲だろうか」

これに対する高須司令長官の意見は慎重だった。

「潜水艦、航空機、そうしたものを動員し、ラバウル防衛の縦深を深くするよりあるまい」

そして高須司令長官は、さらに意外なことを述べた。

「米海軍の意図が、奇襲攻撃により防備を固めさせ、我が軍の侵攻を遅らせるところにあるのなら、我々も対抗手段を立てる必要があろう」

「対抗手段とは?」

宇垣《うがき》参謀長の問いに高須は答えた。

「真珠湾に対して一撃離脱の奇襲攻撃を加える。あるいは、潜水艦により米本土へ直接攻撃を加えてもいいかもしれぬ。ともかく、米海軍が当面動けないように時間を稼ぐ作戦が必要だ」

真珠湾の奇襲攻撃という意見に司令部内は騒然となった。

似たような話は、前の山本五十六《やまもといそろく》連合艦隊司令長官も唱えていた。しかし、その時点では真珠湾攻撃など荒唐無稽と判断されていた。

山本が唱えていた真珠湾攻撃とは米太平洋艦隊の主力艦を奇襲攻撃で撃破するというものであった。だが、高須の構想はそれとは違ったものであるらしい。

「長官、真珠湾奇襲とは？」

全体の空気を代表して宇垣参謀長が尋ねる。

「詳細は別途検討しなければなるまいが、第三あるいは第四電撃戦隊を真珠湾に向かわせ、空母部隊により奇襲を行わせる。

空母一隻の奇襲で敵主力艦を全滅などできないだろうが、燃料タンクの一つも破壊できれば敵は動きが遅れるのを避けられまい。そう、攻撃の中心は基地施設となる。

当然、彼らは真珠湾の基地施設の復旧を急ぐだろうが、失われた物資の多くは本土から運ばねばなるまい。その船舶を潜水艦で沈めてしまえば、基地の復旧は遅れ、敵は少なくない戦力を船団輸送に割かねばならなくなる。それで終戦までの時間は稼げよう」

司令部内は言葉もなかった。誰もが予想外の作戦構想にあっけにとられていた。

しかし、その構想の妥当性が理解されるにしたがい、司令部内にざわめきが起こる。

「長官、その作戦構想は確かに素晴らしいと思いますが、肝心の奇襲は成功するでしょうか？　敵には哨戒機などもあるはずです」

宇垣参謀長はダメ出しのようにそう尋ねる。だが、高須には案がある。

「陸偵があるではないか。真珠湾周辺の敵の動向を探り、警戒が手薄な航路を選べば敵に発見されることはない。あるいは、別の方面に敵の注意を向けるという方法もある」

「別の方面と言いますと？」

高須は近くの壁に貼ってある世界地図に向かう。

「内南洋方面には、アメリカの注意も戦力も向けたくはない。我々の戦略的には無価値な場所で、敵にとって奪われては困る場所。なおかつ、真珠湾から戦力を向けられるような場所だ。そうなると選択肢は絞られる」

そう言うと高須は、指で示せば隠れるような島を示す。

「ハワイの北、ミッドウェー島だ！」

2

一九四二年一月二九日、真珠湾。

日本海軍のパープル暗号については一九三九年頃から解読が試みられ、四〇年には暗号の蓄積をもとに推測したパープル暗号機の最初の複製が製造された。

ただそれは、理論的に「こうであるだろう」という装置の複製であり、言うまでもなく本当の意味での複製ではなかった。誰も図面はもちろん、実物を見たことさえないのだから、そうなるのは当然だった。

パープル暗号機が完成したから日本の暗号がすべて解読できたわけではない。というより、暗号機を複製しても運用手順がわからねば、暗号は解読できないのである。

この面での進捗は必ずしも芳しくなかった。まず、日本語に堪能な専門家が少ないのが一つ。これは小さいが重要な問題だった。

それ以上に深刻だったのは、パープル暗号機の複製を制作したチームのリーダーが、職務時間の大半を暗号解読ではなく組織運営のための雑務に費やさねばならないことだった。日本の暗号解読より、英語で官庁に提出する書類の作成に時間をとられたのだから、仕事が進むはずもない。

これに関連して、チームリーダーは暗号機の複製を作る権限は有していたが、彼がその装置を使うためには別の許可が必要だった。このあたりは米海軍の官僚主義の弊害とも言える。

この問題は、日本軍暗号の解読が遅々として進まない状況に注目した、さる将官の働きかけで一気に改善し、一九四二年のいま、パープル暗号機の複製は八台を数えるまでになっていた。

しかし、これで暗号が順調に解読できると思われたのもつかの間、日本海軍の暗号に第三の暗号が使われるようになった。

第三の暗号と呼ぶのは、どうやら機械式暗号としても従来型とはまったく構造が異なるようなものだからだ。ともかく、かなり複雑な数学的処理が行われているのは間違いない。

それはこれまでのパープル暗号と併用されていたが、それだけ日本も新型暗号機の製造に苦労しているらしかった。

そうしたなかで、太平洋艦隊司令部のレイトン情報参謀は報告を受けたのだ。

「例の暗号文が解読できたと聞いたが？」

暗号解読チームのいる専用ビルで、レイトン中佐は尋ねる。

「正確には日本軍のミスです。同じ文面を新型暗号と従来のD暗号で送信したのです。占領しやすい米軍領土を攻略し続け、米世論に揺さぶりをかける。そういう作戦意図のようです。暗号ではA島となっていました。候補地としてはアッツ島、もしくはミッドウェー島がありました。そこで、ミッドウェー島に浄水装置の故障を打電させたところ、A島では飲料水に不足している模様との暗号文が流れ、候補地はミッドウェー島に絞られました。

残念ながら概要を知ることができたのは従来暗号のほうで、新型暗号でわかったのはA島くらいです」

「いや、日本軍がミッドウェー島に攻撃を仕掛けることがわかっただけでも収穫だ」

その後も暗号解読を続けた結果、日本海軍の暗号管理の杜撰さから作戦に参加する部隊の陣容だけは見えてきた。

主力は戦艦金剛《こんごう》と空母蒼龍《そうりゅう》を中核とした高速部隊で、これらがミッドウェー島を奇襲攻撃し、航空戦力を封殺した後に空母の制空権のもとで陸戦隊が上陸し、占領するというものらしい。

作戦概要が把握できたのは、陸戦隊を輸送する機動艇隊という米海軍も把握しきれていない部隊のおかげであった。上陸部隊を輸送するのが機動艇隊のようだが、少なくともこのうちの二隻が日本本土にはおらず、マレー半島と仏印から日本に向かっているらしい。

そして、彼らにも強度の高い暗号で作戦が知らされたらしいが、補給がらみで二隻とも仏印で合流する必要があった。その時の軍需部とのやり取りに強度の弱い暗号が用いられていたのである。

必要物資の補給量や需品管理の内容が、この二隻から打電されていた。もちろん、そこで作戦概要そのものが流れはしなかった。しかし、米太平洋艦隊は戦艦金剛と空母蒼龍が作戦の中核であることを知っている。

そのなかでこの二隻が僚艦とともに金剛と合流するとなれば、通信傍受で作戦に用意される物量がわかる。さらに、参加部隊も断片情報から推測できた（呉の陸戦隊が移動する程度のことでも、数多く集まれば見えてくるものもある）。

どうやら日本海軍はミッドウェー島の守備隊の規模を大きく見誤っているらしい。「せいぜい一個大隊程度の敵軍」という発言もあり、一〇〇〇人以下と考えているようだった。

ただ二隻の機動艇が仏印で合流してから、日本海軍の暗号管理は急に厳格になった。暗号管理の規律違反が発見されるか何かしたのだろう。米太平洋艦隊にとっては大きな痛手であるが、日本海軍の当面の動きは読むことができた。

　レイトン情報参謀はそうしたことをまとめて、キンメル太平洋艦隊司令長官に報告した。

「暗号解読で日本軍の予想針路は、ある程度の範囲で把握できた。我々は敵を待ち伏せるため、ミッドウェー島の防備を強化しなければならない」

　キンメルの方針は明快であったが、意外なことにレイトン情報参謀が異論を唱えた。

「いまそのようにあからさまにミッドウェー島の防備を固めれば、日本軍に自分たちの暗号が解読されていることを教える結果になりかねません。

　現実には日本軍の暗号は更新され、一部しかわかっていないのが実情です。これらの解読も我々の手柄というより、敵の落ち度によるものです。いまここで、さらに暗号を更新されてしまえば、我々は日本軍の動きを把握できなくなるでしょう」

　それに対するキンメルの返答は驚くべきものだった。

「いや、それでいい」

「それでいいとは……」

「いま我々にとってなによりも重要なのは、戦場での勝利と敵の動きに掣肘《せいちゅう》をかけ、時間を稼ぐことだ。

　ミッドウェーで勝ち、敵に自分たちの暗号を疑わせるならば、敵は暗号を更新するまで積極的に動けなくなる。作戦目的が時間の確保にあるならば、暗号解読を疑われたとしても目的は達せられる」

レイトンはキンメルに何か反論しようとしたが結局、何も言わなかった。

3

二月三日、北太平洋。

潜水艦バビロフは太平洋艦隊司令部の命を受け、北太平洋で哨戒任務についていた。

新型レーダー装備のこの潜水艦はミッドウェーに接近してくる敵艦を発見したら、それを追跡し、必要なら攻撃するという任務を負っていた。

はっきりとは知らされていないが、近海では僚艦が複数、同じ任務についていると思われた。

ただ冬の北太平洋である。天候はあまりよくない。潜水艦といえども油断すれば船体に氷がつく。だからあまり奨励されていないが、艦長は氷が邪魔になると潜航した。水中で氷を落とすのだ。海水は冷たいが氷よりも温かい。

それよりも深刻なのは、レーダーの性能が低下することだ。潜水艦のレーダーアンテナにも氷は否応なく着氷する。

アンテナを旋回させるモーターが止まるとか、アンテナそのものに氷がついて電波送信の障害になる。このあたりは潜水艦用レーダーの運用経験が浅いためだった。

そのため任務中のレーダーの稼働率は天候に大きく依存した。稼働率だけでなく、性能もまた天候に影響された。ここは予備浮力が小さい潜水艦の特性が影響していた。

喫水が浅いため、流氷などを船舶と誤認するよ

うなことも多いからだ。慣れれば識別可能という
が、それは経験を積んだ人間だから言えることで
あって、レーダーに関してはその経験者が米海軍
といえども、まだ少なかった。
「どうだ、何か見えるか？」
艦長は哨戒直の航海長らのためにポットに入っ
たコーヒーを持参する。見張員たちは温かいコー
ヒーで一時、人としてよみがえる。
「いえ、何も見えません。とはいえ、この天候で
すからね。レーダーはどうです？」
「レーダーもいまいちだ、この天候だからな」
それでも艦長は司令塔にのぼったことで、敵艦
船がいないことには確証が持てた。大型軍艦が近
くにいればシルエットぐらいは見えるだろう。
敵はミッドウェー島を攻撃しようとしているの
だから、軍艦一隻で現れるようなことはなく、艦
隊として接近するはずだ。
だから天候が多少悪いとしても、何かが存在す
るくらいはわかる。当然、それくらいの規模なら
レーダーにも反応があるだろう。
そうしたなかで、潜水艦バビロフの舷側が爆発
する。明らかに魚雷が命中したものだが、航跡も
見えず敵艦の姿もない。一瞬の出来事だった。
舷側を破壊された潜水艦は予備浮力がほぼない
ため、一分もしないうちに沈没してしまう。それ
でも通信長の超人的とも言える働きで、自分たち
が敵襲により沈没したことは辛うじて報告できた。
米太平洋艦隊司令部は付近の潜水艦の報告とバ
ビロフの行動計画から撃沈場所を特定できた。も
っとも近い場所の潜水艦が確認に赴くが、その潜

水艦も消息を絶ってしまう。

「ミッドウェー島方面に敵部隊が策動中！」

米太平洋艦隊は空母二隻を含む部隊をミッドウェー島に派遣した。

4

二月六日、北太平洋。

空母ヨークタウンに将旗を掲げたフレッチャー少将はミッドウェー島に向かっていた。

ミッドウェー島周辺の哨戒域についていたはずの潜水艦二隻が敵襲により失われたことで、日本軍の策動は間違いないと思われたが、日本軍はここで暗号を切り替えたため、状況はさっぱりつかめなかった。

すべての暗号が切り替えられたわけではなかったが、重要暗号は従来にない機械式暗号を用いているようだった。それまでは打鍵の癖で部隊などを特定することも可能だったが、完全な機械式になると打鍵の癖を暗号解読の鍵に使うこともできなかった。

ただ米太平洋艦隊司令部では、この時期にこのような暗号改変が行われることそのものが、ミッドウェー島攻撃計画に連合艦隊が本腰を入れていると解釈されていた。

「しかし浮上中とはいえ、潜水艦二隻をどうやって沈めたのか？」

フレッチャー長官には、それが疑問だった。

レーダーも装備していた潜水艦が一撃で沈められたのは、至近距離からの奇襲だろう。だが、どうすればそんなことが可能なのか？

水上艦艇でそうした奇襲は考えにくい。水上艦艇で潜水艦を一撃できるような大型艦なら戦隊規模で動くだろうから、相手は潜水艦を見えるのに潜水艦が敵部隊に気がつかないということはまずない。

「やはり飛行機か」

消去法でいけば、それしかない。これもかなり難しいが、空母のレーダーが潜水艦を発見し、攻撃機がそれを目視すれば、上空からの奇襲は可能だ。

それでも潜水艦のレーダーの問題は残るが、あるいは敵の攻撃機が低空を飛ぶなど、レーダーには捕捉されにくい方法をとったのかもしれない。

ただ、空母部隊がミッドウェー島を襲撃したという事実は、まだない。そこで考えられるのは、この空母の任務は米海軍の潜水艦による哨戒線を破壊し、本隊の侵攻を支援することにあるのではないかということだ。

問題は、その本隊とは何かということである。単純な奇襲攻撃なら空母だけでできるはずだ。それをしないで潜水艦を襲撃しているのは、どういうことか？

「通信参謀、司令部に確認してくれ。日本軍のタンカーに動きはないかどうか」

「タンカーですか？」

「そうだ。一撃離脱の作戦なら空母単独でも行える。それなのにタンカーがおかしな動きをしていたとすれば、敵の作戦は本当にミッドウェー島を占領するところにあるのかもしれない」

日本軍がミッドウェー島を占領しようとしているという話は、フレッチャー少将も可能性として聞いていたが、どういう根拠での話なのかは説明されていなかった。艦隊司令部の情報参謀はそのへんは口が堅い。

もっとも、フレッチャー長官自身はあまりその可能性を信じていなかった。理由は簡単で、アメリカには確かにあの島を保持する利点はあるものの、日本にはそんなものはないからだ。

しかし、いまの日本軍の動きはミッドウェー島占領に向いているとしか思えない。おそらくフレッチャーの知らない情報が艦隊司令部にはあるのだろう。

司令部からの返答は一時間後に届いた。

「日本海軍のタンカーについて、現状が不明のものが二隻あり」

情報は簡潔だったが雄弁でもあった。日本軍がミッドウェー島方面で策動しており、それが上陸部隊を含むとなれば、タンカーが同行していても不思議はない。むしろ同行していないとしたら、そっちのほうが不思議だ。

「ともかく索敵を密にすることだ。どんなものであれ、一つでも敵部隊と遭遇できれば、そこから敵軍の全貌は明らかになるはずだ！」

5

「次の陸偵は一〇時間後なのか……」

伊号第一七潜水艦の矢野《やの》潜水艦長は通信文を見て、そうつぶやく。今回の作戦は、主攻は真珠湾奇襲作戦で、ミッドウェー島方面の攻撃はあくまでも助攻である。

だから、陸偵は主に真珠湾方面の電撃戦隊の支援にあたっている。周辺の警戒により敵のいない角度を発見し、そこに部隊を誘導して攻撃を行わねばならないためだ。

ミッドウェー島攻略を匂わす一連の作戦は、まさに真珠湾奇襲を成功させるために行われる。そのために陸偵はミッドウェー島方面にはあまり割り当てられなかった。

陸偵は製造が難しいこともあるが、それ以上にこの高性能機の性能を引き出せるだけの技量を持った乗員が少ない。じっさいそれで墜落してしまった機体さえある。

そのため大作戦といえども、それに従事できる人材は少ない。結局、陸偵の数よりも熟練搭乗員の数で運用が左右されていた。

それでも陸偵の支援の有無は決定的で、伊号第一七潜水艦はこれまで敵の位置を知ることで、二隻の潜水艦を奇襲攻撃で沈めていた。

伊号第一七潜水艦は自身を含めて同型艦は四隻しかない、給排気管装備の水中高速潜水艦であった。高性能ではあるのだが、既存の伊号潜水艦の改造であるため、複雑過ぎて戦時量産には向いていなかった。

そのため水中高速潜水艦としては、呂号一〇〇の系統が量産化されていた。ただ、日本からミッドウェー島のような遠距離の運用では、この潜水艦の出番となったのだ。

連合艦隊司令部によれば、米太平洋艦隊は大規模な部隊をこの方面に派遣しているらしい。そして、この方面には呂号一〇〇潜も展開していると聞いている。つまり、ここは新旧の水中高速潜水艦の競争が行われている戦場でもあるのだ。

いまのところ、自分たちは二隻の敵潜水艦を撃沈することに成功しているが、その戦果の半分は陸偵の支援あればこそだ。今度の偵察ではそれが呂号に有利に働くかもしれず、そうなるとこの競争がどうなるかはわからない。

しかも、敵軍は空母を展開してくるという話もある。本当にこの海域に空母が進出すれば、陸偵が発見できないはずはない。そうなれば、空母は呂号に食われる可能性もある。

どうやら海軍中央は、水中高速潜水艦の最終的な設計を固めたいらしい。呂号と伊号の比較はそのためのものと思われた。

ミッドウェー島周辺での働きによっては、現在建造中の中型潜水艦（呂号）は再度設計が修正される可能性があるらしい。

「しかし鍵を握るのが陸偵なら、この競争にどこまで意味があるやら」

呂号一〇〇の宮山潜水艦長は、一〇時間後の陸偵の飛行が勝負だと思っていた。それは、今日の潜水艦戦では航空支援の有無が決定的に重要だと考えるからだ。

別の表現をすれば、外界の把握こそ潜水艦にとって最大の弱点だ。敵に見えないことは、すなわち敵が見えないことと表裏一体であるからだ。

もう一つは、伊一七潜に先んじるには敵がどう進出するかを読むことにあると宮山は考えていた。陸偵の情報が同時に入手できるなら、敵に近いほうが勝つことになるからだ。

伊一七潜が潜水艦二隻を沈めても、自分たちが空母一隻を撃沈できたなら、勝負はこちらのものだ。

二隻の潜水艦が撃沈された海域はわかっている。問題は、敵がそれをどう解釈しているかだ。

水中高速潜水艦の存在を米海軍は知らないだろう。その前提で敵が日本軍の戦力を考えるとしたら、航空機しかないだろう。

天候がすぐれないなかで空襲を受けたなら、反撃もできずに撃沈されても不思議はない。したがって、結論は空母となる。

ただ冷静に考えたら、その状況で空母は電探で相手を捕捉できたのに、どうして潜水艦側は空母のような巨艦を発見できなかったのかという問題が生じる。

しかし、現実に潜水艦が失われているのだから、攻撃してきた敵がいることは間違いない。そうした結論になるだろう。

悪天候で潜水艦を発見できる電探の有効範囲を仮に二〇キロとすると、潜水艦の撃沈場所の半径二〇キロのどこかに空母がいると敵は考える。

そのような動きを想定した時、宮山にはミッドウェー島への接近を遮断するような動きが見えてくる。むろんそんな空母もなければ、そんな動きはない。しかし、敵はそう見てしまうだろう。

仮に空母の動きを想定した時、敵空母はそれに対してどのような動きをみせるのか?

大きく配置を考えるなら、彼らは想定する日本空母の南側に位置する。ここで考えねばならないのは、ミッドウェー島からは日本軍機が観測されていないことだ。観測されるはずはない。攻撃は空母ではなく潜水艦なのだから。

潜水艦の電探を信じるなら、ミッドウェー島からの航空哨戒は頻繁になっている。水中高速潜水艦なので発見されないが、対空警戒の重要性は増している。

このことを考えるなら、ミッドウェー島は日本空母を発見できないことも合わせて、米艦隊が日本空母がいると考えている海域は絞られよう。

そうは言っても海域は広い。宮山潜水艦長は、その海域の一番近い領域に向かう。そこから先は運である。

「ここからが勝負だ」

6

「ミッドウェー島の哨戒機は何も発見できていないのか」

フレッチャー長官は自身の情報参謀の報告に首をひねる。敵空母がミッドウェー島攻略を目指しているなら、発見されていてしかるべきだ。

もちろん、レーダーがあれば哨戒機を避けられなくはないが、作戦の部署から離れることには限界がある。

「どうも現地の航空機が不足しているのが問題のようです」

「航空機が不足だと？　増援されていると聞いて

いるが」

「確かに航空機の増強はなされていますが、それらは侵攻に備えて戦闘機が中心で、飛行艇は一機増えただけです。

　小さな島なので、航空兵力の増強と言っても限度があります。部品の備蓄などを考えても、複数の航空機を運用するより、戦闘機に絞っての増強が有利との判断のようです」

「攻撃機はいいのか？」

「我々が敵艦隊を撃破すれば、ミッドウェー島は防戦に徹するということではないでしょうか。敵の上陸部隊を阻止するのに舟艇に対する機銃掃射は効果的ですし、敵兵が上陸できないとなれば、敵艦隊も動けませんから」

「確かにな」

　情報参謀の意見は妥当なもので、確かにそれが正解だろう。ただフレッチャー長官自身は、そんな説明を太平洋艦隊司令部からは受けていない。

　どうも状況の変化に対して、艦隊司令部の判断が追いついていないようだ。だから対応は、よく言えば臨機応変、悪く言えば行き当たりばったりで、作戦方針の説明など円滑にできていないのかもしれない。

　もっとも、個々の采配に大きなミスがなければ、動くべきものが適切に動くという判断なのかもしれない。

　ただそのことで、フレッチャー長官にはある策が浮かんだ。

「艦隊司令部に意見具申をする。ミッドウェー島の偵察機に南西域の哨戒だけを入念に行わせろ」

「それでは南東域ががら空きになるのでは？」

「それでいい。敵空母がレーダーを持っているなら、南西域を避けて南東域に展開することになる。だから我々は南東域に進出すれば、敵空母との遭遇確率が高くなるではないか」

「つまり、ミッドウェー島の哨戒機は勢子《せこ》ですか」

「勢子……確かに当たっているな」

7

矢野潜水艦長は、伊一七潜水艦の電探によってミッドウェー島の哨戒を密にしていることに気がついた。

「これは大漁の予兆だな」

矢野潜水艦長はそう思った。

敵は特定海域の航空哨戒を密にすることで、日本軍の動きに掣肘を加えようとしている。

それはなぜかと言えば、日本軍のいない海域を船団輸送路に使うためにほかならない。ならばこそ、ここに網を張れば大戦果をあげられるだろう。

周辺の天候は曇りであったが、波はそれほどでもない。電探には向いている状況だ。

しかし、電探にはなんの反応もない。それでも矢野艦長は待ち続けた。

「電探に反応があります」

宮山潜水艦長は電測員の報告を受けた時、時計を見る。予想していた時間に反応があったことに彼は満足した。おそらくそれは、敵空母部隊だろう。

予兆はあった。明らかに索敵機と思われる反応が電探にあったのだ。

索敵機は呂号一〇〇と距離一〇キロ程度まで接近した。宮山潜水艦長が給排気管を収納するかどうかを迷ったほどだ。

客観的に見れば、海面は荒れており、上空から潜水艦の給排気管など視認できないのだが、当の潜水艦に乗っている側としてはそんなことはわからない。

だから給排気管を収容し、蓄電池で動くことも考えた。言うまでもなく、ディーゼル推進に比較すれば速力は低下する。

しかし、索敵機はそこで方位を九〇度近く変えた。そして針路変更をしてしばらく進んだ後、再び母艦のほうに戻っていった。

それらを電探で観測したことで、敵空母の推定位置は絞り込めた。

敵が自分たちを発見していないのであれば、彼らは直進を続けるだろう。

通常の潜水艦であれば、浮上しなければ敵に先回りできないが、電探が発達してきた昨今では、潜水艦といえども浮上しながらの航行には危険が伴った。特にいまのように天候が不安定で、航空偵察可能な空母相手となればなおさらだ。

だが、給排気管装備の水中高速潜水艦なら潜航しながら敵に先んじることができる。

じつを言えば、伊一七潜水艦より呂一〇〇潜水艦のほうが、水中高速性能では上回っていた。水中高速潜水艦が水中機動を意識して特別に設計されていたためだ。

自分たちが発見されていないということは、対空電探でも確認できた。空母が自分たちの存在を感知したら艦載機を飛ばしたはずだが、そんなものは飛んでこない。

そうした状況で敵空母を襲撃するために網を張っていると、電探が敵艦隊を発見したのである。時刻は夕刻である。敵艦隊と遭遇する時には陽は沈んでいるはずだ。

そして推進機音を頼みに大型艦へと接近する。

「重巡か！」

最初に潜望鏡を上げた時、自分らが接近していた大型艦が重巡であることがわかった。しかし、潜望鏡により空母の位置は明らかになった。

再び完全に潜航し、敵空母に向かう。

航空哨戒で何も見つからなかったためか、空母の警護は比較的軽微だった。輪形陣などではなく単縦陣で進んでいる。それはおそらく最短距離でミッドウェー島周辺の配置につくためか。

何度かの水中機動で、呂一〇〇潜水艦は最適な位置につくことができた。すでに魚雷発射管には四本の魚雷が装填されている。聴音機や潜望鏡からの数値は魚雷盤に自動で送られ、さらに海流の流れも設定される。

宮山潜水艦長の指示のもと、水雷長が発射の命令を下す。相互干渉を避けるように四本の電池魚雷が発射され、空母へと向かう。

その間に潜水艦は深度一〇〇メートルまで急速潜航し、そのまま空母からは離れた方向に向かった。

通常型潜水艦よりも水中での機動力に勝る形状であるため、モーターによる移動でもより速力を出すことができた。

そして時間になり、潜水艦には三発の爆発音が届いた。

「命中したか」

宮山潜水艦長は、その時にはそれほどの感動はなかった。感動したのは潜望鏡深度まで浮上し、視界の中に炎上し、傾斜する空母の姿を見た時だった。

「やるじゃないか、この艦は!」

8

フレッチャー長官にとって、その雷撃は青天の霹靂《へきれき》だった。

レーダーにも哨戒機にも護衛艦艇にも、敵潜水艦の兆候は認められなかった。敵は空母と言われており、対空警戒こそ重視していたからだ。

だが、空母ヨークタウンは敵潜水艦から予想外の攻撃を受けてしまった。

三本の魚雷が左舷側に次々と命中する。すぐに護衛の駆逐艦が敵潜水艦を求めて射点と思われる領域に殺到し、爆雷を降らせるが状況はむしろ悪化した。

次々と爆発する爆雷のために水中音響を利用しようにも海水が擾乱《じょうらん》されて、ソナーも聴音機も使用不能となった。

その間に空母では火災が起きていた。浸水も深刻で、空母は徐々に傾斜を始めていた。この傾斜は深刻で、ヨークタウンは艦載機の離発着が不可能な状況に陥った。

敵潜水艦の状況は不明だが、自分たちの艦内火災は深刻だった。空母は可燃物が多いのだ。それでも三〇分ほどで隔壁閉鎖と反対舷への注水により、艦の水平はなんとか復元できた。

だが、ここで予想外のことが起こる。突如として艦内で爆発が起きたのだ。これは雷撃の衝撃により航空機用のガソリンの給油管に亀裂が入ってしまい、そこから燃料が漏れたことによる。

誰もこれに気がつかなかったため、気化した燃料が危険な混合比になった瞬間、何かの火花に引火して爆発となったのだ。

この爆発によって空母ヨークタウンは深刻な火災に見舞われた。爆発でまず隔壁が破壊され、大量の浸水が再び始まった。

この段階で、フレッチャー長官は将旗を重巡に移動した。空母ヨークタウンが仮に救えたとしても、部隊の指揮を炎上中の空母からは行えない。

ヨークタウンを救う作業は必死で行われたが、救えないと決心する時が来た。フレッチャー長官は駆逐艦に雷撃を命じ、空母ヨークタウンは雷撃処分された。

9

二月八日、北太平洋。

空母ヨークタウンが雷撃されたという一報と同時に、旧式駆逐艦を中心とした輸送部隊が編成された。海兵隊員と野砲や戦車を搭載した平甲板駆逐艦である。

第一次世界大戦の中で量産された平甲板駆逐艦

は戦後も温存されたが、一部は兵装を縮小された分だけ高速輸送艦として生まれ変わった。ただそれは旧式艦の再利用法という文脈の作業であり、実戦で活用されたことはなかった。

大西洋の輸送作戦に用いるには駆逐艦では積載量が小さく、足が短いという恨みがあり、活用する現場がなかった。

しかし、いまそれらは初めて活用する場を見出した。ミッドウェー島への緊急輸送である。

空母ヨークタウンが失われたことで、日本軍の侵攻は勢いづくと思われた。だからこそ、上陸してくる敵兵に対する防備を固めようというのである。

可能なら航空兵力の増強も行いたいところだが、駆逐艦では運べない。それに対しては別途手段を検討となった。

飛行場が破壊された場合、航空兵力が使えなくなるため、島が日本軍の侵攻に備えているあいだに、増援部隊で挟撃することが基本的な作戦計画となった。

どの航路を通るかは明快だった。ミッドウェー島の航空支援が受けられる航路帯である。そこを突っ切れば、島に増援を運ぶことができる。

あいにくと時間を優先したために輸送計画のスケジュールは泥縄であり、なおかつ輸送すべき兵力や装備の手配に手間取り、ミッドウェー島への到着は朝となった。つまり、接近する手前の頃は夜間であり、航空機の支援は得られない。

それにより敵空母の脅威は軽減すると思われたが、味方の航空哨戒も期待できなかった。

そして、ここに大きな落とし穴があった。

船団は二〇ノット以上の速度で進んでいたが、結果として旧式水中聴音機はその感度を急激に低下させていた。雑音が大きくて使いものにならなかったのだ。

もっとも駆逐艦側は、それをあまり気にしなかった。高速で移動すれば雷撃に遭うことはほぼなかったからだ。

そうしたなかで先頭の駆逐艦が突然、爆発した。明らかに雷撃によるものだが、二本の魚雷が命中し、駆逐艦は二つに折れて轟沈した。

この雷撃で船団は大混乱に陥った。高速だから雷撃は成功しないと思っていたのに、僚艦が沈んでしまったのだ。

しかし船団の指揮官はここで、雷撃は成功しないという先入観から機雷原に突入したと考えた。

とはいえ、水深を考えると機雷原を作れる海域ではない。ミッドウェー島に設定している機雷原の一部が浮遊機雷となったのではないかと。

結局、彼が下した命令は致命的なものだった。

「速力を落として周辺の機雷に警戒せよ」

それは中途半端な命令であった。

浮遊機雷が原因として、どれだけあるのかわからない。どこまで警戒を続けるべきかがわからない。それなら、適当な時間に再び速力を上げても安全が確保できるわけではない。

そして二隻目の駆逐艦が轟沈する。ここで船団は、自分たちが雷撃されたことを知った。

すぐに残りの駆逐艦は対潜警戒に入った。しかし、撃沈された駆逐艦こそ嚮導《きょうどう》駆逐艦であったために指揮官がいなかった。ともかく自分の周辺の敵潜を狩るしか現場でできることはない。

対潜作戦で相互支援できないことは大きな問題であった。それでも旧式駆逐艦であることは大きな問題ではなかったが、物資輸送で甲板に物が積み上げられ、爆雷を投下することも簡単ではなかった。

「また撃沈された！　何隻いるのだ！」

いままでは左舷側から攻撃を受けていたものが、今度は右舷側から攻撃されたのだ。

一隻とは思えない。一隻なら、こんな速く移動できない。いまここで右舷側から攻撃されたのは、二隻目がいるからだ。

これは駆逐艦部隊にとって深刻な問題だった。すでに三隻が沈められている。残りは五隻の駆逐艦だ。

さらに厄介なのは、自分たちが守るべき輸送艦などはなく、自分たち自身が輸送艦でもあるということだった。

ここで一隻が速力を上げた。ともかく高速で移動すれば敵潜から逃れられる。その駆逐艦は確かに速力を上げることで、この危機を脱した。

しかし、二隻目がそれにならおうとした時、その駆逐艦は右舷方向から雷撃され、爆発してしまう。轟沈するには至らなかったが、炎上して傾斜し始める。

これを救助しようとした駆逐艦には何もなかったが、見捨てて逃げようとした駆逐艦もまた魚雷を受けてしまった。そして、一番離れていた駆逐艦は速力を上げて逃げ切った。

最終的にミッドウェー島にたどり着けたのは、駆逐艦三隻にとどまった。

救助された海兵隊員と戦車三両の輸送には成功した。そして、三隻の駆逐艦は浮上砲台としてそのまま残されることとなった。日本軍の舟艇部隊をそこから攻撃するためだ。島は要塞化されていた。

10

二月八日、北太平洋。

和気はこの時、戦功もあって海軍少佐になっていた。会田《あいだ》中尉は大尉になり、別の陸偵の機長となっていた。そして航法員には木村《きむら》中尉がついた。

陸偵はそれまで試験段階というか、試作機の延長であったが、この一七年になり制式化された。

それは二式陸偵という名称になったが、基本的な構造は変わらない。ただ空技廠では、すでに新しい陸偵の開発が進められているという。

そもそもがZ爆撃機開発の技術開発の一環として開発された機体が陸偵である。つまり、本命は長距離爆撃機であったのだが、スピンオフの陸偵の働きがあまりにも目覚ましいため、高高度偵察機としての性能を高めようということだった。

改善点は、与圧区画の改善とそれに伴う前方視界および下方視界の確保。それと速力の増大だった。それまでとは運用が異なり、高速で現場に向かい、一撃離脱で現場の偵察を終える。そのため写真撮影用のカメラ機能が強化される。また、電探も強化されることとなった。

じつを言えば、二式陸偵の制約はここにあった。華奢な機体に多くの任務を求めた結果、カメラも電探も高性能化したものの、機体の制約から両方は載せられなかったのだ。

その結果、二式陸偵には兵装交換で乙型と甲型があった。乙型は高性能のカメラを搭載するが、電探は簡易なものしかない。

甲型はその逆で、写真は小型カメラで窓から撮影するくらいのことしかできなかったが、電探がブラウン管式の高性能なものであるだけではなく、敵電探の電波を傍受し、方位などを計測する能力があった。

この甲乙の兵装の違いは、目的とする任務の違いによる。敵基地の動向などを偵察するにはカメラ搭載、そして海上で敵部隊の動きを探るのは電探搭載というわけだ。

新型機は両方を搭載することになっていたが、二式陸偵は兵装の換装で対応することになった。そして現在は、友軍部隊の侵攻支援のために電探装備の甲状態にあった。

このように重量増大と速力向上のためにエンジン馬力の強化が求められたが、馬力の増大のみならず、機体形状の改善で抵抗を減少していた。これには技研で開発した真空管式計算機の働きが大きく寄与したと言われる。

エンジンの馬力向上には計算機による燃焼効率の計算により、それを設計に反映することによる改善も大きかったと和気は聞いたが、詳細まではわからない。噂では、大竹教授はジェットエンジンなどの活用も視野に入れていると言うが、そこまで大げさではないだろうと思っていた。

むしろ、新型機の真骨頂は信頼性の向上にこそあると思っていた。新しい陸偵は三式になるのか四式になるのかはわからないが、実戦に投入されるのは二年は先だろう。だからこそ、二式陸偵で結果を出していかねばならないのだ。

「敵電探の電波を捕捉しました」

木村が報告する。

二式陸偵の逆探は方位しかわからないし、分解能も低かったが、飛行機であるから位置を変えて方位を計測すれば、発信源の大まかな方位と距離を割り出せた。

「南東方向に二〇〇キロ前後と思われます。先ほどからの計測によれば、東方に進んでいるようです」

木村が逆探から割り出して敵の位置を報告する。前の会田も優秀な将校だったが、木村もそれに匹敵する逸材だと和気は思っていた。これはいまの海軍航空隊にとって重要なことだろう。

今次大戦で海軍は新機軸の航空機を投入しようとしているが、それを使いこなせる人間がいなければ戦力にはなりきれない。英米より国力に劣る日本であればこそ、貴重な戦力を英米以上に効果的に運用することが求められるのだ。

陸偵はその敵に必要以上は接近せず、予想針路を割り出した後、脅威にならないと判定すると再びもとの配置に戻った。

さすがに連合軍も「戦場に不吉な天使がいる」というような迷信ではなく、「なんらかの兵器が使われている」と判断しているようだった。

ただ通信傍受などからの分析では、高高度偵察機ではなく、なんらかの電波兵器の使用を疑っているようだった。レーダーの性能を低下させたり、狂わせたりする妨害電波の類というわけである。

それでも連合軍がすべて、電波兵器説に納得しているわけでもないようだった。

そもそも「天使」の存在自体が、連合軍のコンセンサスが得られているわけではない。作戦の失敗や指揮の失敗の責任転嫁であるという意見も、主に米軍を中心に根強い。

また、「天使」に遭遇したという報告が少ないことも、存在を疑問視させていた。そもそも「天使」は説明のできないレーダーの反応によるものだが、常に観測されているわけではないからだ。

沈められた軍艦から救助された将兵の曖昧な証言でしかなく、日本軍の問題なのか自分たちのレーダーの信頼性の問題なのか、その判断が難しい。

なによりも日本軍が自分たちよりも高性能な電波兵器を持っていることが、専門分野に精通している人間であればあるほど疑問視されていたためである。

このような状況だからこそ、陸偵の運用には慎重さが求められていた。

とりあえず彼らは、第三電撃戦隊の針路上に何もないことは確認できていた。むろん敵の警戒はなされているが、ミッドウェー島への日本軍の侵攻に備えて、警戒はそちらに集中していた。

もちろん、和気に知らされている情報はまだ多くない。作戦は情勢の変化により臨機応変に対応するとされている。

真珠湾を攻撃するのは、戦艦金剛と空母蒼龍の第三電撃戦隊であることは変わっていなかったが、予備兵力の第四電撃戦隊（戦艦榛名《はるな》・空母飛龍《ひりゅう》）についてはどうなるかわからない。分進合撃を予定しているとも聞いていたが、まったく別行動をとるかもしれなかった。

「機長、敵の無線通信を傍受しました！　ミッドウェー島が攻撃されているそうです！　平文で緊急電が流れています！」

「航法員、空中給油の確認をしておけ。あるいは我々は第四電撃戦隊の支援にあたらねばならんかもしれん」

第四電撃戦隊の村田《むらた》司令官は、連合艦隊司令部からの緊急命令に驚かされた。

第三電撃戦隊と合流して真珠湾奇襲を行うと思っていたのに、なされた命令はミッドウェー島への奇襲攻撃だ。状況の変化に即応して作戦が変更されたらしい。

さらに第四電撃戦隊の針路も指定されていた。それは米太平洋艦隊の緊急輸送部隊が伊一七潜水艦により撃沈された、あの航路をなぞれと言う。船団と空母が撃沈され、敵がもっとも少なく最短航路がそれだと言うのだ。

第四電撃戦隊がその航路近くにいたことも大きかった。陸偵はたまたま飛行していなかったが、その代わり伊一七潜の電探が周辺に敵影がないことを確認していた。

そうして島まで接近した時、空母飛龍より攻撃隊が出動する。艦攻や艦爆が中心で、護衛戦闘機の数はそこまで多くない。それらは戦艦や空母の護衛にも必要だからだ。

ミッドウェー島にもレーダーはあったものの、日本軍船団を発見したという情報がなかったため、上陸はまだ先と考えられていた。そもそもいまの季節は上陸には適していない。

だから、航空兵力や地上の防衛陣地を叩き潰してからでなければ、日本軍の上陸部隊の揚陸は難しいと判断された。

そのためレーダーに反応があった時も、十分な即応はできなかった。戦闘機などは発進できたが、重爆の離陸には手間取り間に合わなかった。これは、戦闘機隊はレーダーが捕捉した敵の方向に向かえばよかったのと、基本、彼らは海軍航空隊だったからだ。

対する重爆は陸軍航空隊であり、重爆を退避させるのではなく日本艦隊を爆撃しようと考えた。そのための準備に思った以上の手間がかかった。しかし、これは致命的なミスだった。

トラクターや燃料車が滑走路を移動するなかで攻撃隊が殺到した。迎撃の戦闘機隊は飛龍の攻撃隊を阻止できなかったのだ。

爆撃で燃料車が誘爆し、さらに爆弾が次々とそれに巻き込まれる。そうした火災の拡大の中で滑走路の重爆も破壊されていった。

空母飛龍の攻撃隊はこれだけであったが、ミッドウェー島の航空兵力はほぼ破壊された。飛行艇でさえ銃撃を受けて飛べる状態ではない。

この時点でミッドウェー島の守備隊は第二次攻

撃に備えていたが、第二次の航空攻撃はない。

そうして数時間が経過した時、彼らは日本軍の作戦意図を理解しかねていた。だがそれも、戦艦榛名の砲撃を受けるまでだった。

戦艦榛名は最大射程で主砲弾をミッドウェー島に叩き込む。一〇〇発以上の砲弾が島の施設を徹底的に破壊する。

命中精度という点では最大射程というのは問題がないではなかったが、軍艦に命中させるわけではない。小なりともいえども滑走路もある島なので、砲弾はどこかには弾着した。

それでもこの惨状を報告できたのは、駆逐艦の無線機が無事に生き残っていたためだった。

「ミッドウェー島、敵空母と戦艦の攻撃を受ける」

第5章　第三電撃戦隊

1

昭和一七年二月九日、ハワイ沖合。

「陸偵からの最新報告です。三電戦の針路上に敵影なし。以上です」

通信参謀より第三電撃戦隊の寺島《てらしま》少将に報告の電話があった。こうなると、もう作戦を中断する理由はない。

すでに第四電撃戦隊はミッドウェー島への奇襲攻撃を成功させたとの報告も入っている。これは、二つの意味で寺島司令官に決断を促す事実だった。

一つは、第四電撃戦隊がミッドウェー島を攻撃したことで、作戦がこの段階に達した以上、第三電撃戦隊が退くという選択肢はない。もちろん、退くつもりなどなかったが、それでも退路を断たれての決心というのは心理的負担が重い。

もう一つは、自分たちが真珠湾攻撃を行うにあたって、第四電撃戦隊の支援は期待できないということだ。奇襲攻撃ではあるが攻撃も自衛も、すべて自分たちだけで行わねばならない。

寺島司令官は迷った末に、旗艦を戦艦金剛ではなく空母蒼龍に選んだ。第一陣の攻撃が空母から行われるからには、その後の作戦を考える上で、空母に将旗を掲げたほうが有利と判断したためだ。

蒼龍の搭載機の定数は常用五七機に補用機が一六機の七三機となっていたが、この作戦に関しては一〇機多い八三機を搭載し、さらに攻撃機の数の割合も高めに設定されていた。これは第一次攻撃で真珠湾の航空基地を破壊し、制空権を確保するためだった。

すでに陸偵からは、ミッドウェー島を攻撃した日本軍部隊を撃破するためにハワイから大型爆撃機が出撃したとの報告も受けていた。第四電撃戦隊もこの報告を受けており、すでに安全な針路で撤退している。

したがって真珠湾の飛行場を破壊すれば、敵重爆部隊はミッドウェー島に着陸できないばかりか、ハワイの飛行場にも着陸できず、そのまま全滅することになる。

作戦では、真珠湾に対する航空攻撃は二度繰り返され、飛行場と基地施設を可能な限り破壊することなっていた。

一方、真珠湾の敵艦隊については、特に攻撃は計画されていない。蒼龍一隻でそこまでの攻撃は無理というのと、敵の動きがわからず在泊艦の数も読めない状況では、計画が立てられないからである。

もちろん、これも状況の変化次第なのだが、まさにその状況から艦隊攻撃はなしとなった。陸偵は真珠湾上空まで達していないが、空母ヨークタウンの撃沈により、戦艦を含む大型艦船部隊がミッドウェー島に向かっているのが確認されたためだ。

ただ、それは好都合であった。金剛が真珠湾を砲撃できるかどうかは在泊艦の勢力による。さすがに戦艦金剛一隻では敵艦隊と戦えない。それは敢闘精神とは別の次元の話だ。

それでも敵艦隊の動向は重要だ。攻撃のタイミングが悪ければ、帰路に敵艦隊と遭遇してしまう可能性もある。

そして、状況によっては逃げてばかりもいられない事情がある。それは僚艦である戦艦比叡の存在だった。

戦艦比叡は敵戦艦との激しい砲撃の結果、満身創痍となり、現在は空母に改造中だ。そうした先例があるとなれば、敵艦と遭遇してなお逃げるという選択肢はない。

もちろん軍事常識で考えれば、多勢に無勢で勝てない相手に戦いを挑むことなど愚行である。部下だって無駄に傷つけることになる。

しかし、戦意高揚という問題があり、人は理性だけでは動かない。満身創痍で勝った同型艦があるとなれば、少なくとも戦わないという選択肢はないに等しい。

そもそもが真珠湾を奇襲攻撃するというのは、軍事というより心理戦の文脈で考えるべき作戦だ。作戦目的が敵の戦意喪失と味方の戦意高揚にあるとなれば、死闘の上の轟沈こそ作戦目的には合致するとも言えるのだ。

そうして空母蒼龍から攻撃隊が出撃する。陸偵は搭載電探で、周辺の航空機について報告してくる。

「真珠湾に向かう小規模編隊あり。ホイラー航空基地に向かうと思われる」

この報告により作戦は小規模の修正を加えられる。敵編隊の針路をなぞる形で攻撃に向かうのだ。

ホイラー航空基地は最大規模の飛行場であるから、ここを破壊できれば制空権の確保はかなり容易になる。

第一次攻撃隊の艦爆隊は、陸偵の誘導にしたがって移動した。これは真珠湾には多数の電探基地があるからという想定でのものだったが、それは見事に当たった。

その小規模編隊は錬成中の編隊であった。その編隊のことは関連する基地に通知が出ていたため、誰も怪しまなかった。そして、それらの後方をなぞる第一次攻撃隊の侵入も不思議がる人間はいなかった。

練習機編隊は次々と着陸していったが、その作業が終わる頃、最初の爆弾が炸裂した。米陸軍航空隊にとって、それは最悪のタイミングとも言えた。

迎撃戦闘機を出そうにも滑走路にはまだ練習機が駐機しており、しかもそれらが破壊されたため、滑走路には燃え盛る機体が散乱する。

それでも迎撃のために滑走しようという戦闘機はいたのだが、それらは上空の零戦からは非常に目立っただけでなく、まさに離陸途中こそ戦闘機の最大の弱点であった。

ほとんどの迎撃機が離陸する前に滑走中の銃撃で破壊される。奇跡的に離陸できたとしても、十分な高度を稼ぐ前に叩き落とされた。

そうしたなかで、一部の攻撃隊は真珠湾のレーダー基地の奇襲に向かった。潜水艦や陸偵の観測により、最大の脅威であるレーダー基地はほぼ場所を把握されていた。

攻撃隊は艦爆隊であった。レーダー基地の形状はすでに出撃前に教えられており、間違うはずもない。このあたりは日本海軍の電波探信儀の経験が生きていた。

さすがにピンポイントでレーダーアンテナに爆弾を命中させた艦爆はなかったが、命中させる必要もない。至近距離での二五〇キロ爆弾の爆発で、たいていのレーダー局は破壊される。

じつを言えば、レーダー局は復旧不可能なほど完璧に破壊する必要はない。この先の攻撃を行うにあたり、数時間だけレーダーが使用不能にできたら、それでいいのだ。

連日の訓練で艦爆によるレーダー局の破壊は完璧だった。この第一次攻撃で真珠湾のレーダー局は全滅した。こうして真珠湾の航空基地は、ほぼ壊滅できた。

2

真珠湾奇襲のこの時、戦艦メリーランドのマッケイ艦長は出撃準備を進めていた。ミッドウェー島の奇襲攻撃により、艦隊は日本艦隊と船団を撃破すべくすでに出動している。メリーランドにもそのための支援命令が出されていた。

一六インチ砲八門を搭載した本艦への期待は大きい。速力こそ低いものの、米太平洋艦隊は日本艦隊をメリーランドを中核とする部隊のほうに追いやり、挟撃することを大雑把な作戦としていた。

巡洋艦や駆逐艦はミッドウェー島に向かって出撃し、メリーランドの航路の安全確保のために先行していた。その後、出撃準備に時間が必要なメリーランドと合流することになっている。

すでに乗員は全員が乗船し、それぞれの部署についている。マッケイ艦長は艦橋から周囲の作業状況を見ていた。

ほかの巡洋艦や駆逐艦でも出港準備が始まっている。敵襲は始まっており、ともかく出撃できる艦艇から出港し、沖合で合流することになっていた。

そうしたなかで、彼にはいくつかの地域で同時に黒煙がのぼっているのが見えた。周辺には飛行機の姿も見えた気がした。

「敵襲です！」

見張員の報告が入る。

それとともにサイレン音が響き、そして一群の軍用機が真珠湾内を通過する。すでに爆撃を終えて爆弾も魚雷もなかった。

「副長、出撃準備を急げ。準備でき次第、出港する。第二次攻撃隊の目標は我々だ！」

マッケイ艦長は攻撃された方向と友軍機が迎撃戦闘に上がっていない点から、敵は制空権確保のためにまず航空基地を攻撃し、その上で本隊が真珠湾の艦隊を攻撃しに来ると考えた。

戦艦メリーランドにはベルが鳴り響き、乗員たちの準備のピッチも上がる。

「しかし、艦長。これは主攻でしょうか、それとも助攻でしょうか」

それはなかなか難しい問題だった。日本の国力から考えて、ミッドウェー島とハワイの両方を同時に攻略することは不可能だ。だからこそ、どちらが主攻でどちらが助攻なのかという議論になる。

ただマッケイ艦長は、それは自明と考えた。太平洋における最大規模の海軍基地を攻撃しようとしたら、日本海軍の全戦力をぶつけなければならないだろう。しかし、それもまた日本の国力から言って不可能だ。

米太平洋艦隊ですら、艦隊を日本近海まで移動させるのは兵站《へいたん》面の問題を解決できないのである。日本海軍にそれができるとは思えない。そもそもそんな余裕が彼の国にあったなら、戦争になどなっていない。

「おそらく、これは助攻だ。日本軍にハワイ占領は不可能だ。仮に占領できても、ここを維持する国力は日本にはない。

しかし、ミッドウェー島のような孤島なら、日本軍でも占領できるし、維持もできるだろう。

むろん、日本が島を占領する軍事的な意味などないだろう。しかし、アメリカの領土をたとえそれが孤島でも、次々と占領を続ける政治的な価値はある。

なによりも、すでに日本軍はミッドウェー島周辺で空母を含む多数の艦艇を撃沈している。つまり、それだけの戦力が展開しているのだ。ハワイに割ける戦力はあるまい」

マッケイ艦長のこの予想は、ある部分で当たっていた。

戦艦メリーランドが真珠湾から外洋にさしかかる頃、日本軍機による第二次攻撃が行われた。ただメリーランドのレーダーを見る限り、攻撃隊の戦力は最大に見積もって四〇機前後である。

第一次攻撃との時間間隔から考えて、空母一隻で二度の攻撃を行っていると思われた。複数ならもっと攻撃の間隔は短いはずだ。

敵の攻撃目標が何かは定かでないが、すでに真珠湾は空っぽに近いなら、いずれにせよ第三次攻撃は行われず、敵は撤退に入っているはずだ。

そして、真珠湾からの通信が入ってくる。どうやら攻撃はハワイ全域ではなく、真珠湾の基地に集中しているらしい。

確かにそれは合理的な判断と言える。限られた戦力を分散しても無駄なだけだ。

日本軍は真珠湾内に残る艦艇にほとんど手を触れず、ドックや燃料タンクに爆撃を行ったらしい。それはマッケイ艦長にとっても笑い事ではなかった。

日本軍機も対空火器で一〇機近く撃墜されたとの報告もあったが、石油タンクの損失を埋め合わせるほどのものではない。

さらに深刻なのは、真珠湾でメデューサ級工作艦が撃沈されたという報告だ。米太平洋艦隊はこの第二次攻撃でかなり深刻なダメージを被ったことになる。

「太平洋艦隊司令部からの命令は？」

マッケイ艦長は水平線の向こうで黒煙が伸びていく姿に、自分の予測と判断が正しかったのか、疑問に思えていた。あそこは脱出を急ぐのではなく、対空戦闘に全力を傾けるべきではなかったのか？

しかし、それは意味のない問いだろう。対空戦闘といっても、それは自分の身を守るための防御火器であって、自分たちがいるからといって真珠湾が救えたというのは思い上がりだろう。

それでもなお、多大な損害に対して何もできなかったという思いは強い。

「司令部からの命令はありません。おそらく多数の通信が殺到しているため、司令部も混乱しているのではないかと思います。その、ミッドウェー島からも報告が殺到しておりますので」

「ミッドウェー島か！」

これが、日本海軍が狙っていたことか。ミッドウェー島と真珠湾の同時攻撃で、何を攻撃すべきかという司令部の指揮機能を奪うことにこそ目的があったのだ。

ただ、真珠湾攻撃の戦果が予想以上に大きかったことは、敵味方ともに大誤算だった。

本来なら、そもそも真珠湾奇襲が成功するはずがない。ミッドウェー島に向けて多くの艦艇が出動しており、空母を含む部隊が発見されないまま、真珠湾に接近できるはずはないのだ。

おそらくそれは、日本軍艦隊にとっても同じではなかったか？　彼らも可能な限り真珠湾に接近し、状況によっては真珠湾を攻撃する。しかし、現実にそれが可能とは敵も考えていなかった。

彼らの真の任務は、自分たちの存在により真珠湾の艦隊を牽制し、部隊を日本軍に備えさせ、ミッドウェー島への兵力増強を阻止しようというものだったのだろう。つまりは陽動部隊である。

ところが真珠湾の部隊は、ほとんどが最短距離でミッドウェー島へ向かったため、真珠湾周辺の警戒が疎かになり、日本軍の進出を許してしまう結果となった。

この時、日本軍部隊の指揮官は複雑な心境ではなかったか。おそらく攻撃することになるとは思っていなかった。米艦艇と接触したら形だけでも戦闘を行い、真珠湾の防備を固めさせるのが目的だったのだから。

にもかかわらず、彼らは攻撃可能な位置まで進出してしまった。こうなれば攻撃を仕掛けねばならない。

二度の攻撃も、ミッドウェー島に向かう艦艇を呼び戻すためではなかったか？　彼らにとっては考えてもいなかった危険を冒していることになる。

「よし、ミッドウェー島へ急げ。それが敵の目的地だ！」

3

「ここまで来てしまったか……」

寺島司令官には信じられなかったが、敵艦艇に発見されないまま、真珠湾を射程圏におさめるところまで前進してしまった。できたではなく、してしまったと思ったことこそ、彼自身の迷いにほかならない。

可能であれば真珠湾を砲撃と命じられていたが、そんなことができるとは思わなかった。太平洋最大規模の海軍基地なのだ。接近する前に発見されることは明らかだ。

しかし陸偵の働きにより、彼らは敵に発見されない航路を選び、ここまで進出できた。

米海軍の艦艇は確かに多数在泊していたが、それらは真珠湾を離れ、ミッドウェー島へと向かっていた。だから南から進出すると、遭遇する船舶などなかった。

これで偵察機があれば話も違ったのだろうが、蒼龍の攻撃隊により飛行場を奇襲したことで敵機も来ない。

ここまで来たら、砲撃を行うしかない。

「砲戦開始だ」

空母蒼龍より寺島司令官は命令を下す。ほどなく戦艦金剛の主砲が火を噴くのが見えた。

カタリナ飛行艇は二月のこの時点で、米太平洋艦隊でも不足している機体だった。その貴重な一機が真珠湾に在泊していた。

それは訓練の関係で湾内にいただけだったが、蒼龍一隻で航空基地を攻撃した関係で、水上機基地から離れていたそのカタリナだけは難を逃れていたのである。

日本軍の攻撃で航空基地が全滅したと知ったジャック機長は、おそらく自分たちだけが反撃可能な航空兵力だと考えた。

そして、彼は反撃を考える。反撃可能な航空機は自分たちしかないからだ。

幸いにも、緊急命令のために用意したＭＫ13魚雷がある。模擬弾ではなく本物だ。これはミッドウェー島への航空戦力支援のための装備だった。

カタリナ飛行艇でも雷撃はできるが、もちろん本来の任務は偵察となる。しかし、日本軍が上陸を意図しているなら、敵船団への雷撃くらいは可能だろうという計算だ。ともかく、使える戦力はすべて投入しなければならないのだ。

そうしたなかでハワイは敵襲を受けた。しかし、彼のカタリナ飛行艇だけは生き延びた。

「まず可能な限り低空を飛行し、南に向かう」

ジャック機長は、そう結論する。敵空母はどこにいるかわからないが、戦艦の砲撃も始まった。ならば目と鼻の先に敵はいる。

ただし、敵がここまで接近できたのは、レーダーで友軍戦力を避けていたためとしか思えない。だから、レーダーに捕捉されないように低空を飛行するのだ。

日本軍の砲撃は激しかった。脱出途中の巡洋艦や駆逐艦の中には直撃弾を受けて炎上しているものもある。それ以上に大きいのが周辺施設で、ドックは収容中の艦艇ごと燃えていた。

水柱がのぼる湾内をカタリナ飛行艇は発進し、ついに飛行する。砲弾の水柱の上を飛んだ時、機体までの距離は二メートルを切っていた。

敵戦艦の方位はすぐにわかった。沖合に光が見える。あれが敵戦艦の居場所だ。

「低空だ。低空で行け！」

ジャック機長は叫ぶ。あまりにも低空で、飛行艇は対地効果で揚力を稼げるほどだった。

敵艦隊は、やはりレーダーに飛行艇を捉えられないのか、なんの反応も見せない。それでも駆逐艦などが攻撃を仕掛けてきたのは、すでに敵戦艦の姿をはっきりと確認できる頃だった。

「金剛型か！」

日本海軍でも古いほうの戦艦だが、どうしてこんな戦艦で攻撃を仕掛けてきたのかがわからない。老朽戦艦だから危険な現場に投入しても惜しくないとでも思われているのか。

駆逐艦が機銃を撃ってくるが、飛行艇は駆逐艦から見てほぼ横方向であるため、ほとんど命中しない。駆逐艦の動揺のために照準が狂ってしまうからだ。残念ながら、機銃にスタビライザーなどは装備されていないのだ。

そうして戦艦自身が対空火器でカタリナを攻撃しようとしはじめた時、ジャック機長は雷撃を敢行した。

二本のＭＫ13魚雷は直進する。一本は外れたが、一本が艦尾に命中した。

「やったぞ！」

彼らが喜んでいるのもつかの間、防御火器の銃弾が命中する。飛行艇の右舷側エンジンから黒煙が伸びていたが、乗員は無事で機体は飛べる。

「帰還するぞ！」

カタリア飛行艇はここで高度を上げ、日本軍部隊から遠ざかっていった。

「直掩機、何をしている！」

寺島司令官は空を見て吠える。

確かに上空には零戦が飛んでいるが数は二機であり、しかも敵攻撃機に備えて高い位置にいたため、超低空のカタリナ飛行艇には即応できなかったのだ。そもそも飛行艇が雷撃するとは思えなかった。

なによりも戦艦の直掩機は二機もあればいい

と言ったのは、当の寺島司令官だ。

空母蒼龍は金剛よりも離れたところにいたため攻撃されなかったが、それだけに戦艦の動きがわからない。

ほどなく金剛の小柳《こやなぎ》艦長から報告が入る。それによると被害は限定的で戦闘力もあるが、浸水のため速力は二〇ノット程度しか出ないという。

「戦隊全艦に撤収を命じよ」

寺島司令官はそう命じた。もともと投機的な作戦である。ここまで前進できただけでも快挙であり、ここで魚雷を受けたなら長居は無用だ。やるべきことはやった。

それでも寺島は、空母と戦艦を合流しようとは思わなかった。空母蒼龍は攻撃隊の収容にあたらねばならず、いまが一番無防備だ。

そして、敵は金剛の位置を知っている。だから次の反撃があるとしたら、空母は戦艦から離しておく必要がある。

空母は高速なので一時的に離れていても、金剛との合流は追いつこうと思えば難しくない。それに二隻の軍艦を離しておけば、それぞれの電探で、より広範囲に敵襲を警戒できる。

こうして戦艦金剛が先行する形で、二隻の軍艦は離れることになった。ただ、この日の寺島司令官は運に見放されていた。

「陸偵より報告です。現時点で金剛周辺に敵影なし。戦艦はミッドウェー島を目指している。されど本機は機体の与圧区画の不調により帰還する。貴殿らの武運を祈る。以上です」

「陸偵の故障だと！」

それは驚くべき報告だが、陸偵は少なくとも丸一日飛び続けていたから故障しても不思議はない。なにより熟練の搭乗員を失うわけにはいかないとなれば、ここでの戦線離脱は了解するしかない。

「貴殿らの働きに感謝する。無事な帰還を祈る。そう返信せよ」

寺島司令官は戦艦金剛の状況が直接観測できないことに苛立っていた。

空母蒼龍は第一次攻撃隊の収容や第二次攻撃隊の収容準備に追われており、適当な偵察機を飛ばす余裕はない。さらに直掩機の燃料の関係で二機が蒼龍に戻らねばならず、直掩機は一時的に二機になる。

むろん交代は計画通りで、燃料を満載した零戦が出撃したが、ここでさらに不吉な報告が金剛からなされる。

「本艦の電探に機能低下の疑いあり。直掩機の察知で性能低下を認む」

それがいますぐ問題となるとは思えなかったが、不安要素であった。とりあえず蒼龍の電探には敵影は見えない。

そうした時に蒼龍艦内が急に慌ただしくなる。

「艦長、なにごとだ？」

「警護の駆逐艦が敵潜らしき感度を報告しています」

柳本《やなぎもと》艦長が真剣な表情で報告する。

真珠湾の近海であり、いまさっき金剛も雷撃されたばかりだ。ここで潜水艦と遭遇するというのはいささか不自然だが、無視してよいわけではない。

ただ、これは厄介な状況でもある。潜水艦を発見できれば潜水艦がいるとわかるが、発見できないあいだは潜水艦がいないということを証明できない。

いるかもしれないが、いないかもしれない。それでも潜水艦がいないと証明できないあいだは、いることを前提に動かねばならない。非常に不本意な状況だが、潜水艦の効用とはまさにこの心理的な掣肘を敵に加えることなのだ。

空母蒼龍の周辺では多数の駆逐艦と五五〇〇トン級軽巡が警護にあたっていたが、敵潜はなかなか発見できなかった。

潜水艦はいないと結論できたが、この騒動で空母蒼龍の運行も転針を繰り返すことになり、結果的に帰還機の収容を遅らせることになったばかりか、金剛との距離も開いてしまった。

「金剛から報告です。浸水の被害が予想より大きく、最大速力でも二〇ノットを切っているとのことです」

寺島司令官は金剛に帰還命令を出す。蒼龍は自衛できるが、金剛はともかく真珠湾から離れねばならないだろう。

「このまま何もなければいいが」

寺島司令官はそれでも嫌な予感がした。

4

「捉えました！　敵金剛型戦艦と思われます！」

戦艦メリーランドのレーダーが、カタリナ飛行艇の報告した位置からそれほど離れていない海域で日本艦隊を発見した。

レーダーによれば戦艦金剛と護衛の駆逐艦が二隻だった。カタリナ飛行艇の報告より少ないが、どうもほかの駆逐艦は発見した潜水艦を追跡しているらしい。もっとも、レーダーではそのあたりは推測に過ぎない。

不思議なことに日本戦艦は逃げもせず、そのまま航行を続けている。

日本軍の戦艦にはレーダーが搭載されているはずだが、どうやら自分たちを発見できないらしい。おそらくはカタリナの雷撃が敵のレーダーにも損傷を与えたらしい。

しかも雷撃の影響か、金剛型戦艦の速力はかなり低下していた。明らかに退避行動に入っているが、速力は二〇ノットも出ていない。

メリーランドは敵戦艦との距離を着実に詰めていく。そうしてメリーランドは射程圏に捉えた敵戦艦に砲撃を加えた。

命中は期待していないが、砲撃を仕掛けることで敵の行き足を止め、退避行動を牽制しようと考えたのだ。

金剛の周辺に水柱がのぼるのが見えた。

「距離はともかく、苗頭《びょうとう》は甘いな」

マッケイ艦長は弾着を見て、そう感じた。

「これなら勝てそうだ」

戦艦金剛の小柳艦長にとって、その砲撃はまさに奇襲だった。見張りはいたが電探装備ということもあり、見張員の緊張が緩んでいたのかもしれなかった。

それと敵潜がいるかもしれないという蒼龍からの報告から乗員の神経が遠方の敵艦より、周辺の潜水艦に向いていたことも大きかったのだろう。

いずれにせよ、それらは言い訳に過ぎない。現実には予想外の砲撃を受けたのだ。砲撃を受けたことで、すぐに敵艦の方向はわかった。

「直掩機、何をしている！」

そうとも思ったが、それは言いがかりだということも小柳艦長はわかっている。

直掩機は偵察機ではないし、電探もあり、周辺の駆逐艦もあり、戦艦くらい自分たちが発見してしかるべきなのだ。

じつは直掩機はメリーランドに気がついていたらしいのだが、陸偵も飛んでいるはずで、戦艦金剛の電探もあるので、すでに発見していると判断し、報告は行わなかったという。

陸偵が故障のために下がっていることを直掩機の搭乗員たちは知らなかったのだ。

「合戦用意！」

小柳艦長は命じた。こうなれば砲戦を仕掛けるよりない。相手は水柱の高さから推測して四〇センチ砲搭載の戦艦、おそらくはメリーランド級と思われた。

金剛が万全の態勢なら、小柳艦長は砲戦を避けるつもりだった。三六センチ砲と四〇センチ砲では火力の差は明らかだ。真正面から戦うべき相手ではない。

しかし、速力が低下している状況では逃げ切れない。そうであるなら戦うしかないが、火力の差によって一方的に蹂躙《じゅうりん》されないようにするには、どうするか？

　それは相手の懐に飛び込むことだ。どんな戦艦でも無限の強度はあり得ない。装甲の想定は戦闘距離での戦闘が前提となっている。したがってそれより接近すれば、三六センチ砲で四〇センチ砲の戦艦の装甲も貫通できる。

　むろんそれは、刺し違える覚悟が必要な戦闘となるだろう。しかし相手から逃げ切れない以上、金剛の選択肢は一方的に撃たれるか、刺し違えるかのどちらかなのだ。

　距離を詰めるメリットは、もう一つある。それは電探の性能が低下しているなかで接近すれば、相手の距離を正確に計測できることだった。

　自分たちの射撃盤は真空管式演算器を利用した世界に例のないものだ。命中精度は高い。さらに射角を低くすれば命中界も上げられる。

「突撃せよ！」

　戦艦金剛は突進した。


「何を考えているのだ？」

　マッケイ艦長は自分たちに向かって突進してくる日本軍戦艦に、その真意を計りかねていた。

　金剛型戦艦で四〇センチ砲搭載艦に向かってくるなど正気の沙汰ではない。さすがに蛇行して接近してくるが、それでも距離が接近すれば命中率は上がるのだ。

　メリーランドは試射を行ったが、むろん蛇行する戦艦に命中はしない。もとより、試射の段階で命中するはずはない。

　ただ、マッケイ艦長は動じない。こちらが命中しないということは敵の砲弾も命中しないのだ。

しかし、その常識は覆った。金剛型がいきなり斉射を行ってきた。

普通なら試射を行うのがセオリーではないか。しかも初弾で、いきなり二発の命中弾が出た。一発は装甲で弾かれたが一発は甲板上に命中し、艦尾の籠マストを直撃し、それを吹き飛ばした。

「初弾から命中だと！」

金剛型戦艦の艦長は幸運の持ち主なのか。マッケイ艦長はすぐに砲撃を命じるが、籠マストが倒れた影響は甚大だった。

この影響で命中率が低下した。四〇センチ砲弾の斉射を行ったが、命中弾は一つも出ない。

そうしているあいだに、二回目の斉射が金剛から放たれる。距離は接近し、再び命中弾が出たが、これは羅針艦橋の籠マストを吹き飛ばした。

この瞬間にマッケイ艦長は幕僚ごと絶命し、戦艦メリーランドは指揮官を失った。

それでも四基の砲塔は、まだ戦闘力を失っていなかった。統制された射撃はマストの崩壊で不可能だったが、個別の砲塔は戦闘を継続することができた。

そして金剛が接近するにしたがい、メリーランドの砲弾も命中界が大きくなり、命中弾が出るようになった。

予想したことではあったが、戦艦メリーランドの砲弾を戦艦金剛は受けた。一番砲塔に命中し、それを粉砕した。至近距離の四〇センチ砲弾であるから、砲塔の装甲はほぼ無力だった。

金剛型の砲塔には五五名の将兵が働いている。そのほとんどが四〇センチ砲弾の直撃で即死した。だが、砲塔の外で待機していた将兵により、かろうじて火薬庫への注水は間に合い、砲塔の誘爆は避けられた。しかし、戦力は二五パーセント失われた。

一方、メリーランドも三六センチ砲弾を数発受けたため、決して無傷ではない。装甲や砲塔防盾を貫通こそしていないが、それ以外の部分は痛打され、戦艦は火災に見舞われていた。

この火災で、メリーランド側も三番砲塔が使用不能となる。誘爆を避けるため火薬庫に注水しなければならなくなったためだ。

日米双方の戦艦は満身創痍であり、浮かんでいるのが不思議なほどだった。

状況を変えたのは金剛の砲撃だった。徹甲弾が水中弾となり、艦底側からメリーランドは砲撃を受けた。

命中弾は複数あり、一発はスクリュー軸を直撃した。そのため機関部の減速機が破壊され、そこから大量の浸水が始まった。さらに艦底を砲弾が貫通し、そこからも浸水が始まった。

すでに満身創痍のメリーランドである。ダメージコントロールに動ける人間はいなかった。そして、五分としないうちにメリーランドは浸水のために転覆し、沈没した。

ちなみにこの時の海底の深さは一五〇メートルほどであり、戦艦メリーランドは沈没こそしたものの、しばらくは艦首部だけを海面上に出していた。

米太平洋艦隊司令部はなんとかメリーランドをサルベージしようと試みたが作業は難航し、結局、完全に沈没する結果となった。この作業は真珠湾復旧の戦力を減少させるだけに終わった。

戦艦金剛と戦艦メリーランドの戦闘が蒼龍から見えた頃には、勝敗はついていた。寺島司令官は再びここで決断を迫られた。戦艦金剛をこのまま退避させるか、それともここで自沈させるかだ。

ほかの状況なら日本へなんとしてでも曳航しなければならない。しかし、ここは真珠湾の近くだ。米太平洋艦隊が反撃してくれれば、金剛のために逃げ遅れる危険がある。

「金剛の状況を知らせよ」

寺島司令官は祈るような気持ちで問いただす。

「我、砲塔一つを失い、満身創痍であるが二〇ノットの速力で航行可能なり」

小柳艦長も下手をすれば自沈ということを考えたのだろう。撤退の速度として二〇ノットは、この状況では決して安心できる速力ではない。しかし、ここは蒼龍の戦力を投入してでも敵の攻撃から金剛を守らねばならない。

「艦隊司令部に緊急要請。なんとしてでも、我が戦隊の上空に陸偵を飛ばしてもらわねばならん。敵がどこから来るか、それさえわかるなら、戦い方はある」

寺島司令官の要請に対して、第四電撃戦隊の村田司令官も呼応する。あえて自分たちが囮となり敵の攻撃を引き受ける用意があると言うのだ。

あいにくと寺島部隊と合流するには位置が悪い

が、戦艦がいるように見せかけることはできると言う。

敵がそれにどこまで騙されるかは未知数だが、やってみて無駄はない。なにより第四電撃戦隊は無傷なのだ。

この時の第四電撃戦隊の行動は、空母飛龍により近くの米艦隊を攻撃するというもので、空母を持たない敵部隊は一方的に攻撃された。

この攻撃はミッドウェー上陸の支援部隊によるものと判断され、潜水艦などがそちらに向かったが、結果的に第三電撃部隊も第四電撃部隊も敵潜水艦に発見されずに終わった。

驚くべきことに戦艦金剛はトラック島で工作艦明石《あかし》により応急修理を受け、日本に無事に帰還した。

5

二月一五日、米太平洋艦隊。

「これはどうすればいい？」

米太平洋艦隊の新しい司令長官のニミッツは、艦隊司令部の幕僚らから真珠湾の損害状況の説明を受けていた。

被害状況が深刻なものであるのは、基地周辺にいまだに重油が燃えた匂いが残っていることでも知ることができた。

彼らがいまいるのはドックであったが、そこには戦艦ペンシルバニアだったものの残骸があった。戦艦金剛は最大距離で砲撃を加え、その目標には真珠湾のドック群も含まれていた。どうやらドックに船舶がいるかどうかは関係なかったらしい。

しかし、ドックの破壊は米太平洋艦隊にとって致命的だった。まず、最大射程での砲撃であったために砲弾の落角は六〇度を超えていた。ドックの側からすれば、垂直に落ちてきたように見えただろう。

そのため戦艦の装甲はほとんど意味を持たず、ほぼ上からの砲弾は戦艦の中で爆発し、皮肉にも装甲がその破壊力を艦内に閉じ込める結果となった。戦艦は沈没しなかったが破壊され、さらにドックも損傷を受けた。

したがってドックを修繕するには、戦艦ペンシルバニアを解体してドックから運び出し、その上で修理を行う必要があった。

むろん、戦艦を修理できたら戦力も復旧できて、ドックの修理も容易なのだが、金剛の砲弾の一つは煙突から機関部に突入し、そこで爆発したため戦艦の機関部は完全に破壊されていた。これではどうにもできなかった。

ほかの二つあるドックも同様だった。そちらには重巡が入渠していたが、これも砲撃で破壊され、ドックの修理には残骸の解体撤去から始めねばならなかった。

ニミッツ長官はそれでも海軍技術者からの奇跡のアイデアを期待した。しかし、むろんそんなものはなかった。

「残骸となった艦艇を解体し、それらを撤去した後にドックの解体となります。完全復旧には三年はかかるでしょう」

「三年だと……」

それは受け入れがたい数字だったが、冷静に考えれば妥当な数字だ。ドックの建設にかかる時間を考えただけでも年単位が必要なのはわかることだ。

「石油タンクは？」

「火災は消火に成功しましたが、消火剤を大量に使ったこともあり、残存燃料を艦艇に使用するのは諦めるしかありません。廃油として処理し、その後にタンクの修復となります。こちらは年内にはもとに戻せるでしょう」

太平洋艦隊は、艦艇の損失を言えば空母と戦艦が合わせて三隻失われたものの、それ以外はほぼ無傷だ。政府はそのことを強調するだろう。一方的に破壊されただけとは、政治的にも公表するのは難しい。

ただ状況は非常に難しい。基地の破壊をことさら軽微に発表すれば、太平洋艦隊がほぼ無傷なのに「どうして太平洋艦隊は反撃しないのか」という話になる。

しかし、拠点となる真珠湾の基地機能がほぼ期待できないなら、米太平洋艦隊は動けない。

そうは言っても、一方的に自国領土が攻撃されている現状で何もしないという選択肢はない。では、何をどうすべきなのか？

これには二つの作業がある。一つは真珠湾の復旧だ。ともかくこの基地が機能しなければ、日本海軍と戦うことは不可能と言っていいだろう。米本土から日本までノンストップで侵攻するなど不可能なのだ。

それと同時に二つ目の作業として、手持ち戦力で日本軍に対して戦果をあげねばならない。戦果さえあげていれば、基地復旧の時間は稼げる。

「ドックについては荒療治で工期の短縮は可能です。石油タンクの話ですが、当座の燃料補給については真珠湾内にタンカーを停泊させ、そこから直接補給することで、燃料問題は当面は対応できると思われます」

先ほどの海軍技術者が提案する。

「タンカーの活用か！」

それはこの状況では傾聴すべき意見だとニミッツは思った。

燃料さえあれば当面、部隊は活動できる。艦艇の保守点検を工作艦に委ねるなら、一定水準は確保できるはずだ。

ただここで考えるべきは、部隊を動かすとしてどこを狙うかであった。

「スタンドプレーじゃないのか、それは」

ニミッツ長官は自嘲気味にそう思った。

6

米太平洋艦隊のみならず、米海軍省は揺れていた。

ミッドウェー島と真珠湾の両方を攻撃され、主攻と助攻を間違えたために太平洋艦隊は無駄に移動するだけで、あまつさえ戦艦メリーランドは戦艦金剛により沈められてしまった。

しかも金剛は大破しながらもトラック島に到着し、修理の後に日本に向かうという。

つまり、日本軍に喪失艦はないのに対して、米太平洋艦隊は海戦に参加したものだけに限っても戦艦と空母を一隻ずつ失っており、それ以外の艦船も数隻失われていた。

それでもミッドウェー島なり真珠湾に日本軍が上陸したとでも言うならまだしも、どちらの拠点に対しても日本軍は一撃離脱を行っただけで、上陸はしていない。

つまり、それは嫌がらせ的なゲリラ戦であり、米太平洋艦隊はそんな作戦を見抜くことができず、まんまと敵の術中にはまってしまったことになる。

なにしろ日本軍はそうしたことを短波放送で世界に対して配信しており、米海軍は現実に被害を受けているため、逆宣伝もできなかった。

キンメルは米太平洋艦隊司令長官を解任されたが、それで世論の海軍批判が収まるものではなかった。ニミッツにしても、この状況での米太平洋艦隊司令長官への抜擢は素直に喜べるものではなかったのだ。

「現状で世論を満足させられる作戦としては、日本本土への直接攻撃しかあるまい」

ニミッツは最初の作戦会議でそう述べた。

「日本軍が空母と戦艦の奇襲攻撃で我が国の領土を直接攻撃したからには、我が国もまた敵の本土を攻撃しなければならぬ。

この場合、攻撃すべきは委任統治領などではなく日本本土そのもの、つまり首都である東京への奇襲攻撃しかない」

ニミッツの提案には、意外なまでに反対がなかった。

一つには太平洋艦隊司令部で更迭されたのはキンメルだけでなく、幕僚の多くも入れ替えとなり、ほとんどがこの場の状況に慣れていないことがある。ここにいるのは抜擢である反面、迂闊なことは口にできないという緊張感があったためだろう。

「日本軍は戦艦と空母で行動できましたが、我が軍の戦艦で空母に追躡《ついじょう》できるのが、現状ではノースカロライナ級しかありません。それを投入するのはメリーランド喪失の後では危険すぎるのでは」

それを口にしたのは、キンメル時代からの情報参謀のレイトンだった。彼は更迭されなかった数少ない幕僚の一人だ。

レイトンの主張にそれなりに意味があるのは、ニミッツにもわかった。四〇センチ砲搭載艦は虎の子であり、無駄にはできない。空母の護衛とするのが適当かどうかには、確かに議論の余地がある。

「空母の護衛なら巡洋艦のほうが高速で小回りも効きます。ここは最小構成の戦力で奇襲を行うのが上策ではないでしょうか。燃料の負担も少ないので」

「確かに情報参謀の指摘通りだな」

ニミッツ自身はこの情報参謀の処遇を決めかねていた。

米海軍側が日本軍の暗号解読を適切に行えなかったことが、今回の惨禍を招いたとニミッツは考えていた。むろん暗号解読が簡単ではないとはわかっているが、せめて主攻と助攻がミッドウェー島か真珠湾かがわかっていれば、もっと対処法はあったはずなのだ。

とはいえ、ここで情報参謀を更迭することは、米太平洋艦隊の士気にかかわるだろう。それにいまのところ、ニミッツの作戦案を肯定しようとしているのはこの男だけなのだ。

「情報参謀、君ならどのような作戦を立てる？」

ニミッツはレイトンに発言を促す。

「日本軍の作戦をそのまま返すのはどうでしょう。ラバウルを空母部隊が奇襲する一方で、アラスカ経由で日本列島に急進し、北海道から一気に南下して東京を襲撃し、帰還する。

ラバウルを攻撃することで、日本軍の本土警戒は手薄になるでしょう。そうして主攻と助攻をわからなくさせるのです」

情報参謀として主攻と助攻もわからなかった人間から、このような提案がなされるとは意外であるが、ただ提案自体は妥当だろう。

「具体的な部隊編成はどうなる？　空母と巡洋艦、駆逐艦の最小構成か」

ニミッツは考えてみる。高速艦艇で固めて一撃離脱しかないだろう。

こうして空母レキシントンとホーネットによる奇襲攻撃準備が進められていく。

このなかで陸軍からB25爆撃機を飛ばすという提案もなされたが、ニミッツはそれを拒否した。あまりにも荒唐無稽であり、準備期間が必要だからだ。いま太平洋艦隊に求められているのは素早い行動だったのである。

第6章　ターゲット・ジャパン

1

一九四二年二月二五日、真珠湾。

空母ホーネットのミッチャー艦長は、噂に聞く真珠湾の惨状に戦慄を覚えていた。港内の艦艇はほとんど無傷であるが、そのなかで焼け残った石油タンク群は、艦艇とははっきりとしたコントラストをなしていた。

そしてドックで解体中の艦艇の姿は、こうした表現が許されるなら、軍艦の屍体とそれに群がる蟲《むし》を思わせた。

そうしたなかで、空母ホーネットの周辺には補給物資を載せた艦船が並んでいる。一番大きいのは西海岸から派遣されてきたタンカーだ。

今回の作戦で奇襲部隊が最小構成なのは、燃料の供給能力の問題による。大規模部隊を支えられるだけの燃料供給ができないためにタンカーから給油しなければならず、その手配がまだ十分できていないのである。

作戦は急がねばならず、どうしても手持ちで運用するしかない。それが現実だ。

ミッチャー艦長は飛行甲板を歩きながら、作業をしている将兵に声をかけていく。重大な作戦だけに、将兵と艦長との一体感は大切だ。そうしているうちに潜水艦の姿が見えた。

同じ型の三隻の潜水艦だが、今回の作戦のために本来の艦名を秘匿し、番号だけしか描かれていない。だから三隻の潜水艦が並んでいても、ミッチャーにもどれがどれかはわからない。識別のために1、2、3と司令塔に描かれているだけだ。

艦名を秘匿するのは、兵装が変えられていたからだ。潜水艦の備砲を強化し、五〇口径一〇・二センチ砲を二門搭載している。通常は七・八センチ砲であり、それも一門だ。

それをあえて強化するのは、空母ホーネットを支援するためだ。三隻の潜水艦により六門の一〇・二センチ砲が作戦に使用できる。

この六門でラバウルを砲撃する。ただし、三隻すべてがそろうのは最終局面で、通常は一隻ずつが単独で行動する。

日本軍はこれらの部隊の活動を一隻の潜水艦の活動と判断して、それを追跡するだろうが、三隻が別方向から活動するので撃沈される可能性は下がる。

日本軍も馬鹿ではないので、こんな小細工は遅かれ早かれバレるだろうが、それでいい。そもそもの日本本土爆撃が一撃離脱の作戦なのである。長期的な作戦ではないから、これでいいのだ。

「あの潜水艦の砲撃で、どれくらいの戦果があげられるのかな?」

ミッチャーは近くにいた航空隊の将校に、世間話のように尋ねる。

「六門の砲撃でも長時間はできません。それでも燃料タンクに直撃すれば、ラバウルはおしまいです。飛行機が飛べないラバウルなら、我々が再起不能にしてやりますよ」

「頼もしいな」

2

昭和一七年三月二日、千葉県某所。

「これが九三式陸攻丙ですか。乙とまったく別物じゃないですか」

空技廠の島田は、かたわらの大竹教授に思ったところを率直に述べた。

「そもそも、よくこんな短期間で開発できましたね。乙型が飛んだのは二か月ちょっと前じゃないですか」

「驚くことじゃないよ。乙も丙も並行して製作している。目的とする開発項目がそれぞれで違うのだからね。

乙と丙の両方の成果が太平洋爆撃機に結実するのだ。複数の技術課題を並行して解決していかねば、完成するのがいつになるかわからんからな」

「しかし、いい機体ですね」

島田は大竹の研究に最初から関わっていたが、今回の試作機ほど美しい機体を見たことがなかった。斬新な機体は何度も見たが、美しいのは初めてだ。

その機体は四発機で、全幅は三〇メートルほどあった。一式陸攻に似たようなデザインなのが美しさの秘密かもしれない。率直な印象を言うならば、四発化した一式陸攻だ。

「一式陸攻に似ている……」

「戦時だからな。部品は可能な限り一式陸攻と共通するようにしてある。生産工場もたぶん同じになるだろうからな」

「量産を前提にした機体ですか？」

島田は問いかける。機体の開発は委託しているが、量産計画は彼の職掌ではないからだ。

むろん、量産を考えた開発は重要な問題だが、大竹に期待しているのは量産性よりも、まず性能なのだ。

「丙型は画期的な性能となる。試作機だが、あるいは陸攻の主軸となるかもしれん」

「画期的な性能とは？」

「最高速力は五〇〇キロを超える。爆弾は二トンというところだ」

島田はその数値に興奮する。つまり、この陸攻の性能は戦闘機に迫る。下手をすれば戦闘機を上回るかもしれない。

「どうやって？」

島田がわからないのは、その性能を出すにはエンジンの性能向上が不可欠だからだ。しかし、そもそも陸偵などが開発されたのは、エンジン技術が欧米に対抗できないためではなかったか？

「発動機のことを言ってるのか。発動機は中島飛行機の護《まもり》を基本として開発した。中島の研究も引き受けているからな。

エンジンそのものの開発は中島で、私の開発は、まぁ、小坂井君と共同なのだが、海軍式一号演算器を利用した工作機械だ」

「演算器を工作機械に？」

島田には大竹の言っていることがわからない。

まぁ、それはいまに始まったことではないが。

「中島や三菱では、熟練工の不足が深刻だ。徴兵されるものもいるが、それ以上に生産を急拡大すれば、相対的に熟練者の割合は低下する。

我が国の生産現場は、専用機ではなく汎用機で部品を生産するところが大半だ。自動盤程度の機械さえ効果的に使われていない現実がある。

だから町工場への外注を減らし、エンジンなどの重要部品は高度な製造機械で内製化する必要がある。ただノルマに追われ、前はハネ品だった質の低い部品が、現場改修という建前で工場に入り込んでいる。

いまはいいがこんな状態を放置すれば、帳簿の上では何万機も生産されているのに、前線には飛べない飛行機が送られかねん」

それは島田には耳の痛い話だ。

航空機産業全般の技術水準向上こそ空技廠がなすべき仕事ではあるが、日本の製造業全体の話になりかねず、空技廠だけでは手にあまるのが現実だ。だから質の向上は、三菱や中島に事実上の丸投げで対応しているのであった。

「それを解決したと？」

「実験室レベルだがな。まぁ、自動盤の発展形だ。もととなる精密な金型を作り上げ、それを針がなぞりながら、となりにある旋盤やフライス盤を演算器が制御する。飽きることなく、二四時間休まずにだ」

「無人工場？」

「さすがに無人とはいかんよ。削り上げた部品を移動するのに人間の手がいる。あとは機械の調整役だ。ただ、複数の自動工作機に技術者は一人でいいから、生産効率は劇的にあがる。この四発陸攻の護発動機もそうやって製造した。

金型は腕のいい熟練工に削らせたから、それを再現して出来上がった部品も熟練工の水準だ。四発すべてがそうだから、部品の互換性も完璧だ。整備もそれで、ずっと楽になる。

いまのところ、ジョブショップ式で生産している。自動工作機械そのものが研究室には二基しかないのだ。だがそれが量産できたら、ベルトコンベヤーで部品を流せるぞ」

それは画期的な話に思えた。日本も開戦前に欧米より可能な限りの工作機械を輸入していたが、それらが効率的に活用できているかというと、お世辞にも効率的とは言えなかった。

そのため日本能率協会などの指導を受けて、海軍工廠などでも「科学的な工場管理」が始まっており、工数の改善で三〇倍以上の工数削減（一六七〇の工数を四七まで削減するなど）を実現したところもある。

これは海軍工廠の人間が怠けていたわけではなく、能率協会の指摘するところでは「無駄な動きや工程が多すぎる」ということであった。

問題の根が深いことは、島田も感じていた。結局は人間の意識の問題であるので、工場の意識改革が必要だが、指導する立場の人間からして遅れていた。

ある海軍工廠では自動盤を縦横無尽に使っており、生産高もほかの海軍工廠より高かった。

しかし、それを査察に来た海軍将校はフル稼働の自動盤に対して「自分たちの査察があるから、フル稼働しているように体裁をつくろっているのだろう」と、オフレコで話したという。

つまり、査察をする将校らには、査察そのものが工場管理の実態を知るためのものではなく、仕事をしているフリをして、それをよしとするセレモニーでしかないのだ。

こうした現状からの意識改革を、戦時だから一夜にしてできるかといえば、まず無理だ。そして、すでに戦争は始まっている。地道に産業構造を改善する時間的余裕などないのだ。

そうであれば、産業構造を改善するための選択肢は多くない。

だが、大竹のこの工作機械は新たな可能性を示している。この機械を量産すれば、中島なり三菱なりの本社工場で部品の内製化率を高めることで、品質を維持したままの量産が可能となる。

島田はその話に感銘を受けた一方で、目の前の陸攻に意識を戻す。

「なぜ四発なのです？」

島田の質問に、大竹は当たり前だろうと言うように答えた。

「アメリカ爆撃機は六発を想定している。しかし、構造強度などの設計のためには、まず四発で経験を積まねばならんだろう。双発からいきなり六発爆撃機など無理じゃないか。それにだ」

「それに？」

「陸偵や先の乙型での経験と演算器付き工作機械から、アメリカを爆撃するだけなら四発機でも、あるいは可能なのかもしれん」

「四発でアメリカまで……ですか！」

それは朗報だ。四発機でアメリカまで爆撃できるなら、開発期間は大幅に短縮できると同時に、生産面でも有利だろう。四発なら六発より数をそろえられる。

「この丙型のままでは無理だろう。そもそもこれは試作機だ。ただ超高空を飛行すれば、ジェット気流を活用してアメリカまで到達できる可能性がある。

空中給油機を活用し、さらに爆弾の誘導装置を改善すれば、搭載量が一トン程度でも命中率が高いから、敵に甚大な損害を与えることが可能となる。軍需工場だけを破壊するが住宅街は無傷というように。

ただし、私の大まかな推定では、現状の四発機では西海岸周辺を爆撃できるだけだ。東海岸までは無理だな」

「それこそ空中給油機を使えば？」

「それでは空中給油機が、米本土に必要以上に接近することになる。

アメリカは馬鹿じゃないのだ。空中給油機を発見すれば、すぐにその役割を理解するだろう。単純すぎるほど単純な原理だからな。そうなれば、敵は空中給油機の撃墜を最優先する。

悪いことに燃料を満載した空中給油機は、それ自体が爆弾のようなものだ。曳光弾一発が命中しただけで空中爆発するだろう。まぁ、それは大げさとしても、非常に脆弱な機体であることはわかるな。

空中給油機が撃墜されると、それから燃料補給を受けるはずの爆撃機も墜落を余儀なくされる。空中給油機の安全も考えるなら、やはり西海岸が限界だ。

適当な拠点でもあれば、そこに着陸できるのだがな。そもそもアメリカは、西海岸と東海岸だけで三七〇〇キロ近く離れているのだ。

仮にロサンゼルスを占領して爆撃機を飛ばしたとしても、往復で八〇〇〇キロ近い距離になる。米本土上空で空中給油をしないとすれば、西海岸の爆撃が限界だ。

ただし、それで妥協できるなら、アメリカ爆撃機は丙型の改良という、手が届くところまで来ている」

島田にとっては難しい判断だ。とりあえず丙型の開発は進めるとして、六発に進むか四発を整備するかは、もはや自分に判断できるようなものではない。

「ともかく、乗ってみたまえ」

大竹も島田の立場を理解したのか、丙型への搭乗を促す。丙型は一式陸攻よりは広い感じがしたが、すぐに異様な機体であることがわかった。

彼らは機体後部から乗り込んだのだが、機首に移動しようとすると、直径一メートルほどのパイプの中を這って進まねばならなかったからだ。

「どうなっているのですか、教授？」

「陸偵の経験から、丙型は機体内部が与圧される。機首と後部はそれぞれ独立して与圧されるが、このパイプにより均圧にはなっている。ただ、敵襲を受けて機体に穴があいたら、このパイプに蓋をして与圧を維持する。

原則としては後部に穴があいたら、機首に移動することになる。機首に穴があいたら、可能な限り応急でふさぎ、それで駄目なら高度を下げる。

操縦員が機首に乗っているからには、こちらの人間が機体後部に移動することはできん。

このあたりは乗員の生存性を可能な限り高めたいという要望と、与圧区画の技術検証の意味合いが強かったが、穴があいたら高度を下げるという運用としたほうがいいかもしれない。

わかると思うが、爆弾倉は露出している。だから機体前後の交通を維持するのはこのパイプしかないわけだ」

「いっそ出撃したら、前後の交通のためにパイプを貫通するようなことはしないで、帰還するまで前後を独立させては。意思の疎通は電話でできるでしょう？」

「君も無茶を言うな。乗員は全部合わせても一〇人程度だ。負傷者が出たような時に、人員が移動できなければ迅速な救護もできないだろう」

「あの、この陸攻は高高度飛行を行うことが前提だと思いますが、銃弾を受けた時の対応まで考えるのはなぜです？」

「敵も高高度迎撃戦闘機を開発するという想定だからだ。陸偵は小型だし、発見は容易ではない。それに演算式工作機の発動機生産がうまくいけば、速力を飛躍的に向上させられる道も見えてきている。運用は変える必要はあるがな。

しかしだ。さすがに四発陸攻が実用化されれば敵も全力で迎撃機を開発するだろうし、実用化するだろう。

極端な話、陸偵は一機が通過するだけだが、陸攻は集団で爆弾を投下してくるのだぞ。迎撃の必要性は段違いだ。だから、高高度陸攻は敵に襲撃されることを前提に考えねばならん」

「それでしたら、乗員は機首にだけ集めて、機体後部は無人にしては？

機銃は遠隔で操作するか何かすれば。あぁ、それなら一人の機銃員が複数の機銃を遠隔操作して敵機を撃墜すれば、乗員の数も減らせませんか」

大竹は島田の思いつきに呆れながらも、その可能性について吟味する。

「そのアイデア、悪くないな」

「そっ、そうですか」

島田は大竹が自分の思いつきに妙に感心しているのが意外であった。ただ、次の言葉に喜んでもいられないことを知る。

「乗員を機首に搭乗できるだけにして、防御火器も集中して管制すればいい。この場合、攻撃隊は相互に僚機を支援できるようにすれば防御火器の死角をなくせる。

敵戦闘機を撃墜できないとしても、追い払うことはできるし、それで十分だろう。乗員も五人程度に抑えられるかもしれん。まぁ、設計は大きく見直されることになるだろうがな」

「設計を見直す……そんな時間的余裕は」

「島田君、時間とは作るものだよ」

3

三月二日、ラバウル沖。

潜水艦S1は深夜のラバウル沖に浮上する。

「何隻が浮上しただろう?」

S1の艦長は司令塔にのぼってラバウルのほうを見る。ラバウルの街も灯火管制を施しているはずだが、戦局が優勢であるためか、徹底されているとは見えなかった。

灯火管制というものは、一〇〇パーセント行われなければ意味がない。一〇〇軒が完璧に灯火管制しても、一軒が不徹底なら敵に場所を知らせることになる。

それでも、ここまで接近するのはなかなか難しかった。哨戒機が予想以上に頻繁に飛んでいたからだ。

作戦に参加する潜水艦にはレーダーが搭載されていたため、撃沈されるには至らなかったが、発見されかけたことは一度や二度ではなかった。

作戦に参加したのは三隻の潜水艦だ。果たして僚艦は無事であろうか?

それはわからない。発見されないよう、こちらから無線通信は送れない。

幸いにも天測は可能なので、自分たちの正確な現在位置はわかる。それにここまで接近したのに、どういうわけか日本軍の動きはない。

ラバウルにレーダー設備がないはずはないので、自分たちのことを発見しても潜水艦とはわからないのかもしれない。

どのみち深夜では飛行機は飛べない。水上艦艇だけに注意を向ければいいが、レーダーに反応はない。

「砲撃準備!」

艦長は命じる。すぐに二門の一〇センチ砲に要員が走り、砲撃準備が始まる。

そして時間となり、ラバウルに向けて砲撃が開始される。天測が正しければ、砲弾は滑走路を中心に着弾するはずだった。

マズルフラッシュで潜水艦の姿が夜の海に浮かび上がる。同様の明かりが、自分たち以外に二つ確認できた。三隻の潜水艦は無事にラバウル襲撃のための配置につくことができたらしい。

砲撃をしながら潜水艦は動き出す。

一門で二〇発。二門で四〇発。そして三隻で一二〇発。これだけの砲弾を撃つと潜水艦は急速潜航した。

そうして水中を微速前進する。ラバウルの日本軍には相当の衝撃になったはずだ。

潜水艦は一日後に浮上し、戦果報告を行う。

「我、奇襲に成功」

4

三月三日、ラバウル。

着任したばかりの三川軍一《みかわぐんいち》第八艦隊司令長官を迎えたのは、米戦隊による奇襲攻撃だった。どういう戦隊かはわからないが、艦隊司令部では砲撃の激しさから駆逐艦によるゲリラ攻撃と判断された。

ただし、夜明けとともに偵察機を飛ばしたものの、駆逐艦の姿は発見できなかった。このことから砲撃を仕掛けたのは駆逐艦ではなく、潜水艦ではないかとの意見が参謀の一部から出されたが、潜水艦にしては砲撃が激しいことからその可能性は低いと考えられていた。

砲撃をある程度把握できたのは、砲弾の多くが滑走路を破壊したためだ。そこにできた砲弾孔の数と大きさから砲撃の程度はわかった。

少なくとも一〇〇発以上の砲弾が撃ち込まれたが、これを短時間で潜水艦で行うのは不可能と思われた。米海軍潜水艦の主砲は一門で、多くは七五ミリクラスのものだからだ。

砲火力や射撃速度から一隻か二隻の駆逐艦と思われた。確かにそうした小規模部隊なら発見されることなく、ラバウルに接近するのは可能かもしれない。

日本海軍が空母、戦艦を擁する部隊で真珠湾を奇襲攻撃して、基地施設に甚大な被害を与えたことは記憶に新しい。ならば駆逐艦の二隻やそこらで、完全な隠密作戦はあり得ない話ではない。

とはいえ、真珠湾奇襲攻撃で戦勝気分のラバウルは、この奇襲攻撃で一気に緊張感が高まった。

陸攻にも被害が出たが、これは航空基地としてはかなり痛い。というのも戦線が拡大し、基地航空隊が急激に拡大した結果、配備する陸攻の生産数が間に合わないからだ。

さらに輸送船舶の需要も急増しており、配備も容易ではない。航空隊は到着したが、消耗部品が届かないようなこともある。

日本本国ではさまざまな改革が着手されていると聞いていたが、そうした試みが結実し、現場に反映されるまでには、なお時間が必要なのも明らかであった。

結果として、陸攻隊となっている航空隊にもかかわらず、攻撃機は九六式艦攻や九九式艦爆で対応しなければならず、戦闘機航空隊にしても一部は九六式艦戦で数をそろえねばならなかった。

それでもラバウルは補給基地としての側面もあるので、この程度ですんでいるが、基地によっては複葉機の爆撃機などが配備されているところさえあるという。

さすがにそれらは対潜哨戒などが中心となるが、現場は「旧式でもないよりはまし」という態度で部隊をまわす必要があった。

このような状況だから、陸攻一機といえども失うことは、ラバウルとしても手痛い打撃となる。

だが、三川司令長官にとって予想外の損害は、陸偵を失ったことだった。ラバウルには超高空を飛行する陸偵二機が配備されていた。

陸偵の需要は大きいのだが、与圧区画の製造が日本ではなかなか難しく歩留まりが極端に悪いため、前線に配備される戦力はわずかだった。

また、陸偵そのものが戦略偵察機に属するものであるため、艦隊司令部所在地くらいにしか置かれていないという事情もある。海軍にとっては最高機密の飛行機であるので、そうそう最前線には置けないのだ。

その意味では、陸偵とは「ラバウルには二機もある」機体であり、「ラバウルでさえも二機しかない」機体でもあった。

それが砲撃により破壊された。一機は完全に破壊され、一機は飛行機としては飛べる程度の損傷だった。しかし、与圧区画に穴があいており、損傷も受けているため、高高度偵察機としては使える状態にはない。

そして戦術偵察機としては、陸偵は決して高性能の飛行機ではなかった。速度があまりにも遅いからだ。

結局、第八艦隊は陸偵をすべて失い、代替機はしばらく来そうになかった。

不幸中の幸いは熟練搭乗員が無事であったことだが、それも海軍省人事局からの通知で雲散霧消した。熟練搭乗員をラバウルから本国に帰還させろという。それだけ搭乗員が不足しているのだ。

駆逐艦により砲撃されたという推測は現実とは違っていたが、それでも陸偵があればゲリラ攻撃を行った潜水艦群は発見できただろう。彼らとて浮上して航行しなければならないからだ。そして陸偵には逆探がある。

ともかく司令長官は艦攻と水上機で偵察を行ったが、そもそもどこに向かったのかもわからない状況では、敵駆逐艦を発見することはできずに終わった。

それと並行して滑走路の補修も行われたが、これは比較的短時間に完了した。軍人設営隊の関係で、お世辞にも十分とはいえないものの、ブルドーザーなどそこそこの機械力はあったためでもある。

しかし、一番の理由はラバウルの滑走路の整備が完了していなかったため、破壊されてもそれは未整備の滑走路であり、穴さえ埋めればもと通りにできた。

大規模な滑走路をアスファルト舗装したいのだ

が、機材や資源が決定的なまでに足りなかった。

これは基本的には船舶量の不足が原因である。

確かに、日本でも木造船やブロック工法などの新機軸が実用化されつつある。それでも現時点での船舶不足は現実としてあるわけで、ラバウルはその影響を受けていた。陸攻隊を運用できるほどの基地であるから、アスファルトの必要量も膨大なものとなるのだ。

さらに、敵襲を受けた場合の補修用のストックも必要で、舗装された滑走路の完成は容易ではなかった。

そのためラバウルの滑走路は陸攻隊が出撃しようにも、砂塵が激しく離陸困難となることもあり、航空機の運用に大きな問題を生じていた。

現場では水をまいたり、廃重油をまいてみたりもするが結果は芳しくない。そもそもそんな小手先が通用するなら、滑走路を舗装する必要はないのだ。

陸攻の損失はともかくとして、滑走路の損傷は奇襲攻撃を受けた翌日には修理を終えることができた。

ただ、そのために航空隊の活動はほぼ止まっていた。哨戒活動もできないまま日没を迎えた。

5

三月四日深夜、ラバウル沖。

潜水艦Ｓ１は深夜、浮上する。

「時間通りだな」

ここまでの経験から判断して、ラバウルのレーダーは浮上中の潜水艦を察知できないようだった。

どうやら主に対空用レーダーしかないらしい。

「信号灯用意！」

艦長は命じる。彼らはラバウルから一〇マイルの海上に浮上していた。二〇マイル後方には潜水艦S2が浮上しているはずだった。

どちらの潜水艦も天測を正確に行い、自分たちの位置を確認していた。S3もさらに沖合に浮上しているはずだが、そちらは遊撃戦力と聞いている。

艦長の命令にしたがい、潜水艦の甲板には赤と緑のレンズをはめた、小さな信号灯が専用のスタンドに設置されている。それは後方だけを照らし、なおかつ肉眼で確認できる範囲が限られていた。

航空隊が一定高度で潜水艦S1やS2に接近した時、緑・赤・緑の三つが見えれば、その針路を維持すればラバウルに向かう。左側の緑が見えなければ右に寄り過ぎ、逆であれば左に寄り過ぎとなる。

二隻の潜水艦の誘導で方向を調整すれば、ラバウルを見失うことはない。二隻の潜水艦で位置を確認するのは、そうして偏流の影響を計測するわけだ。

もちろん、これでもホーネットの航空隊はレーダーで発見されるだろうが、迎撃戦闘機は出せないだろう。対空火器だけが心配だが、夜間ではそれほど命中するものではない。

「航空隊、捕捉しました！」

潜水艦のレーダーが接近する航空機の編隊を察知する。

それらはまっすぐにS1に向かってきて、ついに彼らの上空を通過する。姿ははっきり見えないが、空の中を黒いかたまりが轟音を立てて通過していく。

そうしてしばらくすると、ラバウルの方角の空が朱に染まった。

航空隊の指揮官機は海上に信号灯の列を見つけた。緑・赤・緑の配列は、編隊が正しい高度で正しい方位を維持していることを意味していた。S2の表示では少しずれていたが、修正は正しいようだ。

僚機のあいだで光の点滅が交わされる。そうして相互の位置を確認する。それが最終確認だ。あと一〇マイルでラバウルだ。

レーダーはやはり自分たちを察知しているのだろう。サーチライトが上空に向けられている。すると、後ろの海面で何かが光った。

潜水艦S1が砲撃を加えているのだ。それはたった二門の攻撃だが、臨戦態勢の日本軍にとっては予想外のものだろう。航空隊が現れる前に攻撃されているのだから。

偶然にも砲弾はサーチライトを破壊したのか、いくつかの光の柱が消えた。

そうしているなかで航空隊はラバウルに到達した。今回はすべてが攻撃機だ。迎撃戦闘機はないという判断からだ。砲撃には敵機を飛ばさせないという意味もある。

攻撃機は照準など合わせていない。ただ時計だけを見ている。方位と速度がわかっているなら、時計だけを頼りに爆弾投下のタイミングはわかる。

そして、時計が爆弾投下のタイミングを知らせる。爆撃機から次々と爆弾が投下される。

爆弾の総数は五〇発だが、比較的密集しているためその効果は高い。ラバウル市街からも火災が起こり、爆撃の正しさが確認できた。

「全機、帰還せよ」

指揮官が命じる。損失機はゼロだった。つまり奇襲は成功した。

6

三月四日、トラック島。

トラック島の陸上に置かれた連合艦隊司令部は、ラバウルへの空母部隊の奇襲という事実を深刻に受けとめていた。前日の奇襲砲撃といい、今回の空母による奇襲といい、状況は予断を許さないと思われた。

「敵は最小の戦力でラバウルを無力化することを目論んでいると思われます」

宇垣参謀長の見解に高須司令長官が尋ねる。

「その無力化の意味は何か?」

高須司令長官自身にはもちろん彼なりの考えがあるが、それでも参謀長の意見は無視できない。

「無力化の意味は、無力化そのものにあります」

トートロジーにも聞こえる宇垣の答えに会議室内はざわつく。

「無力化のための無力化というのか」

「まず、陸偵による決死の真珠湾偵察によれば、真珠湾の基地機能の損害は我々の想像以上に深刻です。ドックはすべて使えず、石油タンクも燃え尽きてしまった。

偵察時には湾内に複数のタンカーが確認されておりますが、それはつまり、彼らの燃料需要が緊張していることを意味します」

宇垣が指摘したようなことは、むろん高須長官も知っている。数少ない陸偵をやりくりして真珠湾偵察を行ったのだ。

「したがって、米太平洋艦隊は西海岸のサンディエゴを拠点とするか、真珠湾でタンカーから燃料補給をするかしかない。

良くも悪くも今回の作戦は、真珠湾への奇襲攻撃で敵の戦意に打撃を与える点にあった。そのため米太平洋艦隊そのものは戦艦メリーランドや空母ヨークタウンを失ったとはいえ、ほぼ健在です。

しかし燃料不足では、この大艦隊がかえって仇《あだ》となる。米市民からは、自分たちの拠点が破壊されたのに、無傷な艦隊は反撃をしないと見えるでしょう。

アメリカのような国では、米太平洋艦隊が無傷なら無傷であるほど、大規模攻勢が求められる。ところが、燃料不足で米太平洋艦隊は動けない。

そうであるなら、彼らに残された選択肢は小規模部隊による奇襲攻撃しかない。さらにそれは、米市民を満足させる標的とする必要がある。

そうなれば、選択肢はラバウルくらいしかない。ラバウルを攻撃し、それを無力化できたら世論の支持も得られ、なおかつ我々の進撃も抑えられる。そうした判断からの攻撃だったのではないでしょうか？」

「なるほど、それも考えられるな」

高須の態度は宇垣の期待したものとは違っていたらしい。

「長官は別の考えを？」

「敵は、我々のミッドウェー島攻撃が助攻であり、主攻は真珠湾奇襲であることを見抜けなかった。その結果、多大な損害を出すに至った。

そうであるとすれば、敵もまた我々と同じ作戦を我々に対して仕掛けるだろう。我々の作戦は最小の戦力で最大の成果をあげる点にあった。それはいまの米太平洋艦隊も同じだ」

「ではラバウルは陽動で、本当に狙うべき場所はほかにあると？」

宇垣にはそれが信じられないようだった。

「敵が意趣返しに我々と同じ作戦を実行しようとするなら、そういうことになる。現時点で、主攻がラバウルなのかどうかはわからん。

ただ、ラバウル奇襲が主攻にせよ助攻にせよ、もう一つ攻撃される場所があるはずだ」

「パラオでしょうか」

参謀の一人が発言する。

「パラオは南洋庁の所在地であり、海軍戦略の要の位置にあります。ラバウルからの距離は二三〇〇キロ、それはおおむね真珠湾とミッドウェー島の距離とも、それほどの差はありません」

「軍事施設ではなく、南洋庁を攻撃するというのか……」

パラオの名前は高須にも意外であった。

彼はトラック島の奇襲を考えていたのだ。しかし、米海軍が危険を冒して奇襲するならば、防備の薄いパラオのほうが向いている。

　それにパラオには通信局が置かれている。ここの巨大鉄塔を破壊されてしまうと、民間であれ軍であれ、日本との通信に大きな支障が出るのも事実だ。

　そしてパラオ攻撃ということを考えるなら、確かにラバウルは邪魔になる。パラオを奇襲するなら、なんとしてでもラバウルは無力化したいと考えるのではないか？

「そうであれば、防備を早急に固める必要がある。第五電撃戦隊の武蔵、翔鶴と第六電撃戦隊の大和、瑞鶴を緊急にトラック島からラバウルに移動させる。

　敵がラバウルを排除する必要があるということは、ラバウルに二個電撃戦隊を配備することでパラオとラバウルを防衛するほか、敵艦隊を撃滅できるかもしれん。

　現時点の米海軍には戦艦で大和、武蔵に勝てるものはあるまい」

「長官、それではトラック島の防備が手薄になるのでは？　敵がトラック島を攻撃する可能性は否定できません」

　宇垣参謀長の意見に対して高須は言う。

「もちろんだ。戦艦長門《ながと》、空母赤城の第一電撃戦隊、戦艦陸奥《むつ》、空母加賀の第二電撃戦隊を日本からトラック島へ移動させる。米太平洋艦隊は、場合によっては四個電撃戦隊に包囲殲滅されるであろう」

「パラオ攻撃が敵の命取りになりますか」

　トラック島とラバウルへの四個電撃戦隊の配備、

それが意味するところは明らかだった。

「世界でこれほど重厚な布陣は、かつてなかったでしょう」

宇垣参謀長の自信に満ちた言葉を疑うものは、連合艦隊司令部には一人もいなかった。

7

三月八日深夜、ラバウル沖合。

空母ホーネットのミッチャー艦長にとって、この一〇〇時間は緊張を強いられる日々だった。

奇襲は大成功に終わったとはいえ、ラバウルからの反撃は常に脅威でありえる。しかも空母ホーネットは前回の奇襲の後、そのまま本国に戻ればよいというわけではなかった。

一旦は下がったものの、洋上で護衛艦艇ともども燃料補給を行い、爆弾や弾薬の補充を受けなければならなかった。なぜなら、奇襲攻撃は再度行われるからだ。

ラバウルへの奇襲攻撃で、航空戦力には打撃を与えているらしい。それはほぼ間違いない。

だから再度の攻撃で、ラバウルへの打撃をより確実なものとする。そうした攻撃を行えば、日本海軍は本土が狙われているとは気がつくまい。ホーネットの任務が完了するのは、レキシントンの航空隊が東京に爆弾を投下した時なのである。

ただ、再攻撃が楽勝だとはミッチャー艦長も考えていない。

来年のいまごろに再攻撃をするならまだしも、一〇〇時間前に攻撃をしたばかりである。敵も最大限の警戒をしているはずだ。それだけに慎重に事を進めねばならない。

じっさい再攻撃の時間は迫っていたが、この一〇〇時間のあいだに不吉なことが起きている。それはＳ１とＳ２が消息を絶ったことだ。

両艦ともに緊急電で、日本軍の駆逐艦に発見されたとの報告はあった。どうして次々と潜水艦が駆逐艦に発見されたのかはわからないが、状況からこの二隻は撃沈されたと考えるべきだろう。

残っているのはＳ３だが、この潜水艦は空母ホーネットの前衛任務についているので、難を逃れた形だ。

しかし、このことはラバウルへの接近が困難であることを意味している。空母といえども駆逐艦は危険な存在であるし、なにより位置が露呈しては奇襲攻撃が成立しない。

さらに、部隊規模から陽動部隊とわかってしまえば、作戦そのものが失敗してしまう。

「レーダーを停止し、逆探だけで接近する」

それがミッチャー艦長の苦渋の決断であった。

敵駆逐艦が潜水艦を撃沈したのはレーダーによるものだろう。ならば、こちらから下手に電波を出すよりも、敵のレーダーの電波を頼りにするほうがいいだろう。

幸いにも未知の艦隊と戦うわけではない。ラバウルは土地であり、移動はしない。

最終的な攻撃目標だけはわかっている。だから、敵さえ避けられるなら奇襲は可能だ。奇襲ができてしまえば、追撃部隊がやってくることもない。

じっさい警戒は厳重であるらしい。空母ホーネットは何度かレーダー波をキャッチしていた。

ただ、水上艦艇とはっきりわかるものもあるが、レーダーであることしかわからないものもある。方位が定まらないのだ。逆探であるから方位分解能が低いことは諦めるしかないだろう。

「どこまで接近できるかだな」

「どうやら、敵空母を捕まえたらしいな」

和気は偵察席で自分の読みの正しさを確認していた。

「山本《やまもと》操縦員、しばらくはこの速度を維持し、直進してくれ」

「直進宜候《ようそろ》！」

操縦席の山本中尉が復唱する。山本中尉は最近和気と組むことになった操縦員だった。

海軍の陸偵にかける期待は大きいものの、特殊機材であるために使いこなせる人材となると、まだ少ない。

じっさい、これまでに地上破壊以外で失われた陸偵は一〇機を数えるが、敵の対空火器や戦闘機により撃墜された機体は一機もない。

四機は機体の故障で墜落・不時着を余儀なくされ、六機は搭乗員の操縦ミスで失われていた。もっとも、そのうちの二件は故障なのか操縦ミスなのか、不透明な部分もあったが。

そうした状況であるため、海軍航空隊としては、経験を積んだ人材を早急に養成する必要に迫られていた。

和気と最初に組んだ会田は、いまも横須賀で教官として任務についている。前の相棒の木村は別の搭乗員と組み、陸偵の機長となっていた。

　海軍は和気も教官にしたいところだが、重要任務では和気がいつも結果を出している実績も無視できず、彼を最前線から後方勤務に異動させることには反対も多かった。現場の実感としては、前線の搭乗員が和気から学ぶことは多かったのだ。

　そこで折衷案として、和気が成績優秀な若い幹部を相棒にして一人前に育てるという流れができていた。会田しかり、木村しかりである。

　じっさい山本も筋のよい搭乗員だった。成績トップで和気のもとに送られたらしい。ただし、それには理由がある。

　彼らの愛機は二式陸偵ではない。海軍の命名基準の変更もあるが、試制彩雲《さいうん》陸上偵察機がそれである。大竹教授の新しい工作機械で製造した新型エンジンを搭載したことが、最大の変更点だ。

　大竹教授の工作機械は大馬力エンジン用の機械らしいのだが、陸偵用の特殊エンジンも製造していた。

　超高空を飛行するために排気タービンという新しい技術を導入した関係で、緻密な製作加工が必要であるためらしい。ただ、詳細は和気も知らない。

　このエンジンのおかげで、いままでよりもずっと短時間で高高度にのぼれるのと、最高速度は毎時四〇〇キロまで向上した。これは高高度でのエンジン出力の向上に成功したためだ。

　その結果、試制彩雲は翼幅が二式陸偵より短くなった分、速度も向上したが幅が狭くなったことで運用も楽になっていた。

　また、機体デザインの変更で滞空時間は短くなったが、航行速度が速くなったため現場に迅速に移動できる分だけ、偵察時間はむしろ長くなった。そして、これまでの経験から機内で四八時間過ごすようなことはなくなった。移動が迅速なら飛行時間が一日以内でも十分なのだ。

さらに、彩雲は電探が新型になっただけでなく、偵察機として逆探をむしろ強化していた。敵軍が電探を多用するようになったことで、高高度偵察機の存在を知られてしまうリスクが増えた。だから敵の電探を避けつつ、敵を偵察するように運用が変わってきたのだ。

和気のようなベテランが偵察席についているのも、この新しい運用を検証する意味がある。

和気は空母ホーネットらしい電波を何度か察知していた。しかし、ある段階からそれらは探知できなくなっていた。

友軍の駆逐艦の電探の電波は察知できたから、和気は敵空母も駆逐艦の電探を逆探し、避けていると判断した。

そこでこのことを司令部に報告し、駆逐艦に電探を使用しながら特定の針路を取ってもらった。相変わらず電探には反応がないが、和気はこれで敵空母は自分のいる領域に追い込まれていると考えた。

そしていま電探を作動させ、はっきりとその艦影を捉えたのである。敵は確かにいる。

「ラバウルに報告。我、敵空母部隊を発見、追跡を行う」

無線通信を送ると山本が言う。

「明朝の出撃でしょうか」

「馬鹿を言え。空母瑞鶴と翔鶴が接近中で、友軍の水雷戦隊もいる。なにより俺たちが見張っている。これから夜戦に入るのだ！」

（次巻に続く）

VICTORY NOVELS ヴィクトリー ノベルス

最強電撃艦隊(2)
電光石火の同時奇襲！

2023年8月25日　初版発行

著　者　　林　譲治
発行人　　杉原葉子
発行所　　株式会社 電波社
〒154-0002　東京都世田谷区下馬6-15-4
TEL. 03-3418-4620
FAX. 03-3421-7170
https://www.rc-tech.co.jp/
振替　　00130-8-76758

印刷・製本　中央精版印刷株式会社

ISBN 978-4-86490-237-3　C0293